Deuxième Chance

On a tous besoin d'une main tendue

Marie-Paule Dunant

Édition : BoD – Books on Demand, 12/14 rond-point des
Champs-Élysées, 75008 Paris
Impression : BoD - Books on Demand, Norderstedt, Allemagne
Dépôt légal : janvier 2022
Copyright © 2022 Marie-Paule Dunant

ISBN : 9782322409785
ISBN-13 : 9782322409785

DÉDICACE

À mes lecteurs de Wattpad qui m'ont apporté leur soutien quotidien.

REMERCIEMENTS

Merci à ma famille qui me soutient dans ma passion pour l'écriture, à mes lecteurs/lectrices sur Wattpad qui ont suivi l'aventure.

I

Trois adolescents étaient adossés au mur d'un vieux hangar désaffecté, devenu leur lieu de rendez-vous quotidien. Ils s'y retrouvaient pour boire de l'alcool et fumer quelques joints, à l'abri des regards indiscrets, surtout ceux de la police. Ces derniers n'attendaient qu'un faux pas de leur part pour les arrêter. Cela faisait des années qu'ils ne fréquentaient plus l'école, exactement depuis leur fugue respective. Ils squattaient à gauche et à droite, dans des bâtiments vides. Ils vivaient principalement de petits larcins et de vols. Occasionnellement, quand il fallait plus d'argent, ils tiraient à la courte paille celui qui irait faire la pute. Pour eux, ce n'était pas une insulte, juste une évidence de ce qu'ils faisaient avec leur corps. C'était une chose courante dans le quartier où ils résidaient et les professionnelles du sexe, plus âgées, ne s'en formalisaient pas trop. On leur refilait souvent les vieux vicelards autour de la cinquantaine qui aimait les garçons. C'était de l'argent facile, même si pour cela, ils s'asseyaient sur leur fierté.

— Hé, Dan, file-moi la bouteille avant de tout descendre

comme un égoïste.

— Ne me fait pas chier Yann, je n'ai même pas bu une gorgée, j'ai juste trempé les lèvres. Cody, tu as fini de le rouler ou c'est pour demain ? demanda-t-il en se retournant vers son ami.

— Ça va, je me dépêche, mais il s'agit d'un papier de mauvaise qualité. La prochaine fois, faites gaffe à ce que vous prenez. Ne le gâchez surtout pas, les gars, c'est la dernière dose. On ne sait pas quand on pourra en fumer un de nouveau.

— On doit donc tirer au sort celui qui ira se faire enculer ce soir, annonça Yann tout en inspirant une taffe. Il n'y a pas moyen que j'attende plus que nécessaire. Je ne tiendrai pas.

Yann, le plus âgé de la bande, possédait des cheveux courts châtains et le regard argenté. Les deux autres le considéraient comme le chef du groupe alors qu'il n'y avait pas de réelle hiérarchie. Il se chargeait souvent des transactions pour de la drogue. Personne ne savait depuis combien d'années il était dans la rue. Dan et Cody pensaient que cela durait depuis très longtemps, car c'était lui qui leur avait appris toutes les ficelles pour survivre dans la jungle urbaine.

Dan du haut de ses dix-sept ans passait beaucoup de temps à provoquer leur aîné même pour des broutilles. C'était son caractère et ce qui lui permettait de tenir dans cet enfer. Ces cheveux café mi-longs, coiffés à la sauvage, lui donnaient un air beaucoup plus jeune, ce qui attirait de nombreux clients pendant de ses séances de tapin. Même après autant de mois à le faire, il avait du mal à s'y habituer. D'ailleurs prenait-on le pli réellement quand son corps était en permanence sali par les autres. La seule chose qui le faisait tenir était le gros billet qu'il encaissait à la fin. Au moins, il pouvait s'acheter ce dont il avait besoin.

Cody était le plus jeune et le dernier de la bande. Il était arrivé dans le groupe depuis six mois. Ce garçon aux allures de punk avait tenté de voler l'argent gagné par Dan. Après une bonne bagarre, les trois adolescents avaient finalement sympathisé. Il était le plus bavard de la bande. Dan le surnommait la pile. Ce dernier se demandait même comment il faisait pour être en permanence aussi énergique, quand lui ne rêvait que de son lit et de paix. Mais il ne pouvait pas nier qu'il aimait bien ce type qui rendait moins triste leur quotidien.

Ils firent tourner le joint, se délectant de chaque bouffée qu'ils fumaient. Cody ouvrit une deuxième bouteille de vodka. Les trois amis appréciaient déguster les alcools forts sans aucun mélange. La consommation simultanée de la boisson et de la drogue les rendit rapidement stone. Ils se décidèrent tout de même de tirer au sort, avec le jeu « pierre - feuille - ciseaux », celui qui devait se débrouiller pour trouver de l'argent afin d'acheter de l'herbe assez vite. À la fin de la partie, ce fut Dan qui perdit. Il tenta de contester, mais ses gestes étaient devenus tellement désordonnés qu'il tomba aux pieds de Yann. Cody éclata de rire, aussitôt rejoint par l'aîné.

— C'est quand même super la liberté, lança le punk.

— Je ne te le fais pas dire. Pas de contrainte, on peut faire ce que l'on veut, quand on le désire, c'est la grande vie au final, commenta Dan.

— Les gars, on doit se relever, on a de la visite. Regardez qui passe par là. Un duo d'intello. Ils ont peut-être du fric pour nous, annonça Cody.

— Occupe-toi en Yann. Si tu désires de l'aide, on viendra en renfort, mais ils ne paraissent pas costauds.

— Putain les mecs, pourquoi moi ?

— Parce que Dan a besoin d'être en forme pour ce soir et moi je tiens la bouteille.

Yann se leva et se dirigea vers le groupe des premiers de la classe.

— Ben alors les gosses, on s'est perdu ? Il est fortement déconseillé de traîner dans certaines rues. Il pourrait vous arriver des malheurs, vous savez.

— On ne fait que passer, répondit le petit blond.

— Ben voyons. Pour traverser, il faut s'acquitter de la taxe.

— La rue appartient à tout le monde. Laissez-nous continuer notre chemin.

— Vous avez entendu les gars ? La rue serait à n'importe qui.

— Allez, Yann, montre-leur que cette rue est une propriété privée, lança Cody.

Dan observait la scène, le regard brumeux. Il trouvait le blondinet bon à croquer et il se voyait bien le faire couiner contre un mur. Il se leva péniblement et se dirigea vers la troupe.

— Dis Jean, j'ai une idée. S'ils n'ont pas les moyens de payer cash leur droit de passage, ils peuvent toujours régler en nature. Surtout le petit garçon aux cheveux de blés.

— Pourquoi pas, le deuxième est plutôt mignon et tout à

fait à mon goût.

— Alors les gars, c'est cent euros par tête ou bien ce sera un tour dans le hangar. À vous de choisir, nous sommes dans un jour de bonté.

Le blond semblait garder son sang-froid et regardait les deux voyous. Il analysa brièvement la situation avant de saisir le poignet de son camarade et de prendre la tangente. Yann et Dan mirent quelques secondes à réagir. Aussitôt, ils coururent après les deux fuyards. Ils s'arrêtèrent au coin de la rue après les avoir perdus de vue.

— Putain, tu fais chier Dan. Tu aurais pu aller plus vite.

— Et toi alors, tu n'avais qu'à les attraper plus tôt. Tu veux toujours t'amuser et regardes à comment cela se finit. On aurait pu tirer notre coup tranquille et tu as tout gâché.

— Vas-y plains toi. Toi tu n'as même pas bougé d'un centimètre ton cul.

Ils se cherchèrent quelques secondes les poings serrés, prêts à en découdre avant d'apercevoir Cody revenir au pas de course avec les flics à ses trousses. Ils décampèrent illico et se séparèrent pour avoir une chance de s'en sortir.

*

Dan entra dans un hôtel plutôt insalubre où il possédait une chambre permanente. C'est ici qu'il faisait généralement ses affaires de cul. Il n'appréciait pas de faire ses passes à l'arrière d'une voiture ou sur un parking. Et puis après, il pouvait se laver pour enlever l'odeur et la sensation des mains de ces hommes qui se sentaient trop hétéros pour accepter qu'ils aimassent pourtant une bite.

Le propriétaire fermait l'œil contre un petit pourcentage

des gains. Ce dernier n'allait pas cracher sur quelques billets. Il monta dans sa pièce miteuse et s'allongea sur le lit, dont on pouvait douter de la fraîcheur des draps jaunis. Il n'allait pas s'en plaindre, car au moins, il avait un toit. Les murs étaient tellement épais, qu'il entendait tout ce qui se passait de part et d'autre. La chambre du côté de sa tête de lit était actuellement occupée. Il percevait parfaitement le grincement du sommier et les simulations de la femme qui devait en être à son énième client de la journée. Il y avait à peine deux jours, il l'avait croisé en rentrant de sa balade nocturne. Un coquard et la lèvre inférieure fendue décoraient le visage de la prostituée. Si les gens qui n'étaient pas du milieu la dévisageaient, lui, il ne s'était même pas arrêté sur ça. C'était ni plus ni moins les risques du métier. Lui-même avait déjà reçu des coups de certains clients un peu trop violents. Depuis, il faisait attention aux types qu'il acceptait. Il ne tenait pas à mourir trop tôt.

Dan avait encore quelques heures devant lui avant d'aller faire le tapin. Il espérait tirer le gros lot ce soir pour être tranquille un moment. Le garçon ne regardait plus depuis longtemps l'âge du mec qu'il se faisait. Du moment qu'il avait le blé pour payer, c'est tout ce qui comptait. Il avait même réussi à avoir quelques clients réguliers. À ceux-là, il leur tirait plus d'argent. Ils s'agissaient souvent de mari ne trouvant plus de satisfaction dans le lit de leur femme. Comme tous ceux dans sa situation, il mentait à propos de son âge réel.

*

Dehors, la pluie et le vent froid avaient décidé d'être de la partie. Cela promettait pour attirer des clients à venir le voir. Dan avait déjà remarqué plus d'une fois que par mauvais temps, il se faisait moins de blé. Il espérait néanmoins avoir de quoi s'acheter un peu d'herbe et peut être aussi une pizza. Il en avait envie depuis quelques jours. Cela faisait longtemps qu'il n'en avait pas mangé une. Il fallait dire qu'il devait faire quelques kilomètres dans la ville pour trouver un vendeur qui ne connaissait pas ses prouesses dans le vol ou le tapin.

Quand il arriva dans la ruelle habituelle, il salua les filles présentes. Quelques-unes étaient déjà parties en clientèle. Les autres s'abritaient comme elles le pouvaient sans pour autant se cacher sous des parapluies. Elles ne voulaient pas louper la voiture de passage. Dan constata que ce soir encore, il allait être le seul mec à bosser. Il savait pourtant qu'il y en avait d'autres. Ils ne venaient uniquement qu'en cas d'extrême nécessité.

Dan se mit le long de la route improvisée. Les véhicules ne s'arrêtaient pas longtemps et il devait se dépêcher d'appâter le bon client. Il savait qu'il n'y resterait pas des heures, étant l'un des plus jeunes et les hommes appréciaient beaucoup son cul. Si au début, cela avait été une torture pendant laquelle il se sentait violé chaque nuit, maintenant, il arrivait à y prendre un minimum de plaisir de temps à autre surtout avec ceux qui se laissaient dominer par un adolescent comme lui.

Cela n'effaçait pas le dégoût qu'il ressentait et les sombres pensées qui revenaient au pas de course, mais c'était toujours mieux que rien, se disait-il pour se motiver.

Comme il l'avait estimé, il ne resta que quelques minutes sous la pluie. Un nouveau client s'était stoppé à ses côtés. Dan s'était penché au moment où la vitre s'ouvrit.

— Bonsoir, tu cherches peut-être un peu de compagnie masculine ? lança Dan d'une voix aguicheuse.

— Tu es clean ?

— Toujours.

Dan sortit de sa poche arrière des capotes. Il en avait tout le temps sur lui pour le cas où cela ne se ferait pas dans sa piaule. Le chauffeur, un homme blond dans la quarantaine et plutôt bien bâti, étira son bras pour lui ouvrir la portière. Dan n'hésita pas une seconde et s'engouffra à l'intérieur.

— Je connais un endroit où on peut faire ça tranquillement. Discrétion garantie.

— Indique-moi le chemin.

Quelques instants plus tard, Dan se retrouvait dans sa chambre avec le client. Il s'approcha de ce dernier, une lueur étrange dans le regard.

— Alors, qu'est-ce que Monsieur désire ?

— Que tu prennes une douche avant. Rien ne me garantit que tu n'aies pas eu d'autres clients.

Dan soupira. Ce n'était pas la première fois qu'il en avait un qui faisait une fixation sur l'hygiène.

— Ça te fera dix billets de plus. C'est que l'eau, je la paye.

— Ce n'est pas un problème.

— OK. Installe-toi sur le lit en attendant. J'en ai pour cinq minutes. T'en fais pas, les draps sont propres.

Dan poussa légèrement la porte de sa salle de bains. Il tenait à pouvoir entendre ce qu'il se passait de l'autre côté. Il fit couler l'eau à peine tiède sur son corps. Il insista sur certaines parties et en profita pour se préparer. Au moins si le mec y allait trop brusquement, il aurait peut-être un peu moins mal. Il se sécha rapidement et retourna dans la chambre juste vêtue d'une serviette.

— Ben merde alors, il est passé où ?

L'homme s'était barré de façon très silencieuse. Pourtant, il avait été attentif au moindre bruit suspect. Aussitôt, Dan inspecta son tiroir et son armoire. Il fut soulagé de constater que tout était encore à sa place. Il se laissa tomber sur son lit. Ce n'était pas la première fois qu'un client se faisait la belle. Dans un sens cela le rassura, car au moins, il n'aurait pas mal au cul à cause d'un débutant. Malheureusement pour lui, il devait aussi retourner dans la ruelle. Il avait besoin de fric. En s'appuyant pour se redresser, sa main froissa des papiers. Il lui fallut quelques secondes avant de réaliser qu'il s'agissait d'argent. Il s'assit aussitôt et comptabilisa les billets.

— Cent... cent-cinquante... Deux cents... Trois cents... Trois cent cinquante ! Youpi, pas la peine de ressortir ce soir.

Dan qui désespérait de pouvoir rester à l'abri cette nuit et à devoir subir les assauts d'un client sautait de joie sur son lit. La journée n'était pas si moche que cela. Pourtant, il était étonné qu'il lui eût laissé l'argent avant de partir. D'ordinaire, quand il était dans cette situation, il n'avait pas un centime vu que la prestation n'avait même pas démarré. Enfin, il ne comptait pas se plaindre au contraire. Il mit de côté un billet de cinquante pour le gérant de l'hôtel. C'était le tarif qu'il demandait par soirée de tapin. Ce n'était pas grand-chose pour une personne, mais vu que les lieux servaient exclusivement qu'à cela, il se faisait un sacré paquet par nuit.

*

La journée était déjà bien entamée quand Dan quitta enfin l'hôtel. Il avait profité de cette soirée finalement calme pour récupérer un peu. La bonne humeur n'était cependant pas au rendez-vous. Son corps semblait être attaché à une enclume.

Pour autant son état ne l'inquiétait pas plus que cela. Il avait l'habitude, quand la dose commençait à ne plus agir. Pendant encore quelques heures, il se sentirait mal.

Il déambula dans les rues jusqu'à retrouver enfin ses amis. Aucun d'eux n'avait de téléphone. Ils n'en voyaient aucune utilité. Ils savaient où se trouver en cas de besoin et n'avaient plus de contact avec leurs familles.

— Vous en tirez une tronche les gars, commenta Dan en les saluant.

— Yann a perdu sur un pari le peu qu'il nous restait, se lamenta Cody.

— Hé ! je n'y suis pour rien si tu m'as porté la poisse aussi. Dès le départ tu étais défaitiste je te rappelle. Si tu n'avais pas été pessimiste, on aurait eu toutes nos chances et on aurait pu tripler nos gains.

— Non, mais franchement, vous êtes sérieux les gars ? Pendant que moi je me faisais défoncer le cul, vous vous perdiez notre pognon ? Ce soir c'est hors de question que j'y retourne. Vous vous démerdez.

— Ne sois pas en colère et puis n'oublie pas que les clients te préfèrent à nous. Je ne sais pas ce que tu leur fais, mais ils adorent, expliqua Yann.

— Je ne leur fais rien de spécial. Ne cherchez pas d'excuse pour glander. Ce soir je rentre et je dors.

— Mais au fait, tu es sûr d'être allé bosser hier. Je trouve que tu marches plutôt bien.

Dan n'aimait pas qu'on l'accuse de mentir. Il serra les poings pour ne pas les mettre dans le visage de Yann. À la

Deuxième chance

place, il sortit l'enveloppe de sa poche et lui balança.

— Voilà deux cent cinquante.

— Cool. Je vais pouvoir aller faire les courses. Tu as eu combien de clients ?

— Un seul et encore, il s'est barré avant même que je commence. Mais celui-là a laissé un paiement pour prestation non effectuée. Bon ce n'est pas que je ne vous aime pas, mais j'ai des choses à faire cet après-midi.

— Quoi ! Sans nous ? s'alarma Cody.

— Hé oui. On est le quinze aujourd'hui.

— Les paris de baston. Tu n'as pas peur de te faire abîmer le visage ?

— Non, aucune chance. Le patron veille à ce qu'il ne m'arrive rien de mal. Il tient trop à son pognon pour ça.

— Tu devrais lui réclamer une augmentation de tes gains avec tout ce que tu lui ramènes, renchérit Yann.

— Un jour peut-être. Si jamais tu lui en demandes trop, il sait aussi te virer. Il a descendu Pablo le mois dernier.

— À part ça tu ne crains rien. Fais quand même gaffe à toi. Je ne voudrais pas avoir des problèmes par la suite, prévint Yann.

— Comment ça des problèmes ? Tu te prends pour mon père maintenant ?

Dan ne comprenait pourquoi Yann lui disait cela. En quoi ce qu'il faisait de sa vie concernait son ami ? En l'observant de près, il remarqua les traits légèrement tirés sur son visage. Aussitôt Yann détourna la tête.

— Comme ça. Je te rappelle que tu es celui qui nous rapporte le plus, c'est tout.

— Ouais, ouais, c'est ça. Bon on se voit ce soir chez moi ?

— J'aurais une nouveauté à vous faire goûter, annonça Yann.

— Alors là j'ai encore plus hâte d'y être, lui répondit Dan heureux de savoir que cette nuit ils allaient pouvoir à nouveau se défoncer. Peut-être qu'avant, il se ferait un client pour avoir un peu de blé d'avance.

*

Le dernier combat avait été juste. Son adversaire refusait de se coucher à terre. Le type devait faire une tête et demie de plus que lui. Dan en avait bavé pour y arriver. Il se laissa tomber sur ses genoux, alors que l'arbitre d'occasion venait pour lui lever le bras en signe de victoire. Il avait mal à la mâchoire. L'autre individu n'y était pas allé de main morte avec les droites et les uppercuts. Heureusement pour lui, il avait pu compter sur sa souplesse et son endurance. Il lui fallut plusieurs minutes pour s'en remettre complètement et pouvoir se relever sous les applaudissements de la foule.

Son adversaire, un homme dans la trentaine, était jeté sur un brancard de fortune, toujours inconscient. Dan le regarda être évacué. Des gens nettoyaient à grande eau les traces des combats. Personne ne devait remonter aux organisateurs ou aux combattants.

— Bien joué fiston. Tu les as tous mis au tapis. Je savais que je pouvais compter sur toi, clama un homme dans la quarantaine.

Celui-ci était plutôt bien sapé. Il portait des lunettes de

soleil malgré l'obscurité de la salle.

— M'appelle pas comme ça. T'es pas mon père. File-moi juste ma part et la prochaine date.

— Tu as l'air bien pressé. T'as déjà envie de retourner faire la pute ? Je ne savais pas que tu aimais à ce point les queues. Tu en reçois combien par nuit ? Je suis sûr que tu les apprécies bien grosses.

Dan serra les dents pour ne pas cracher ce qu'il pensait de cet être ignoble. C'était à chaque fois la même chose avec ce type. Il se promit de lui faire ravaler toutes ses paroles, un jour.

*

La nuit était tombée depuis un moment quand Dan arriva enfin chez lui. Son corps entier le faisait souffrir. Il était sûr qu'il avait des bleus qui se formaient actuellement. Il ne rêvait plus que d'une chose, oublier les dernières heures et ce sale type de Ringo.

— Enfin te voilà ! s'exclama Cody qui squattait le dessus de son lit.

Le sourire de Dan revint aussitôt. Il allait pouvoir se sentir bien durant quelques heures. Yann était installé sur une chaise près de la fenêtre, fumant une clope. Il sortit de sa poche trois seringues déjà prêtes à l'emploi.

— Alors les gars, prêts pour un voyage ?

Chacun se saisit d'une dose et fit pénétrer le liquide dans une veine. Malgré la douleur due à ses combats, Dan mit de la musique et ouvrit une bouteille achetée sur le retour. Il comptait profiter un maximum de leur trip.

Marie-Paule Dunant

II

Dan revint petit à petit à lui. Il avait perdu la notion du temps. Un sourire béat ornait son visage. Il n'y avait pas à dire, mais cette nouvelle pépite était démente. Il était prêt à recommencer dès que possible. Seulement, une dose lui coûtait au moins quatre clients. S'il voulait plonger régulièrement dans ce délire, il devait augmenter ses soirs de prostitution ou alors ses tarifs. Dan préféra néanmoins la première option. Avec la deuxième, il avait plus de chance de perdre des clients.

À ses côtés, Cody, le corps enchevêtré dans les draps, commença à remuer. Dan l'observa de ses yeux vitreux. Il avait l'impression d'avoir besoin d'une paire de lunettes. Son ami avait, par il ne savait quel miracle, réussi à se mettre à nu durant leur trip. Dire qu'il n'avait aucun souvenir de ces dernières heures. Il soupira en se rendant à l'évidence qu'il devait se lever. Une envie pressante et il devait la satisfaire immédiatement.

En voulant se redresser, une douleur au bas des reins le saisit et lui fit craindre le pire. Il réalisa qu'il était aussi nu que

Cody. Il ne lui fallut pas plus pour savoir ce qu'il s'était réellement passé durant leur shoot. Une idée lui glaça le sang. Dan connaissait assez Cody pour savoir qu'il ne se protégeait pas lors de rapport sexuel. Il passa la tranche de sa main le long de la raie des fesses et se figea.

— Putain Cody !!!

L'accusé ouvrit un œil avant de le refermer aussitôt.

— Ne fais pas autant de bruit dès le réveil.

— Tu m'as baisé sans capote, enfoiré ! Tu sais très bien que je déteste ça.

— Ah, on l'a fait ? Je ne m'en rappelle pas. C'est dommage, tu devais être super bandant en plus.

— Ne te fous pas de moi. Et si je choppe une merde, je fais quoi ?

— Relax, je suis clean.

— Ah bon ? Et quand t'es-tu testé la dernière fois ?

— Pas besoin de ça. Je le sais c'est tout. Maintenant, laisse-moi dormir encore un peu.

Dan n'en revenait pas de l'inconscience dont faisait preuve son ami. Pour lui, c'était la seule chose qu'il faisait de censé. Il se refusait d'attraper la moindre merde. Il allait devoir se rendre dans un centre pour se tester. Le jeune homme se retint de frapper celui qui était la cause de ses tourments. Il se dirigea en pestant vers sa salle de bains. Son corps rougit sous les frottements intensifs. Dan tentait vainement de faire disparaitre les traces de leurs heures de sexe sans protection. Il ressortit de la douche vingt minutes plus tard.

— Il est où Yann ?

— Sais pas. Il n'était pas là à notre réveil.

— Il a dû réussir à se lever avant nous alors.

Au même moment, la porte s'ouvrit sur l'aîné de la bande, chargé de sacs.

— Ah quand même vous émergez.

— Pourquoi ? questionna Dan.

— Ça fait deux jours entiers que vous êtes en plein trip. Vous étiez déchaîné.

— Deux jours ! s'étonnèrent Cody et Dan en même temps.

— J'ai pensé que vous auriez peut-être faim.

— Tu avais encore du fric ? Suspecta Dan.

— Quoi ? T'as peur que je t'aie volé en ton absence ? Et ben non. Je sais économiser moi au moins. Au fait, quelqu'un t'a laissé un mot à l'accueil.

Dan saisit le bout de papier et le lut en diagonal.

— Alors ? demanda Cody qui se rhabillait enfin.

— Un client pour ce soir.

— Ah parce que tu as des rendez-vous maintenant ?

— Ça vient d'un régulier pour un de ses amis. Il veut être sûr que ce soit moi et pas un autre.

— Quand je te dis que tu as du succès, commenta Yann.

— Je m'en serais passé.

*

Il était plus de vingt-deux heures quand Dan sortit de l'hôtel pour se rendre dans la rue des gens comme lui.

L'adolescent patienta tranquillement, adossé à un poteau au moment où une voiture s'arrêta à sa hauteur. La fenêtre s'abaissa sur un homme au regard assez froid. Il n'avait pas l'air très grand et surtout ce mec n'était pas tiré à quatre épingles comme d'habitude. Dan s'approcha lentement.

— Alors, on est seul ce soir ? On cherche un peu de compagnie ?

— Combien gamin ?

— Ça dépend de la prestation que tu souhaites.

— Le pack complet.

— Trois cent cinquante cashs.

— Monte derrière.

Quelque chose n'allait pas. Le type était trop sûr de lui pour un timide. Dan sentit l'entourloupe. Il ouvrit la porte et la claqua aussitôt pour partir en courant. Il entendit une deuxième se refermer et un sifflet retentir. Son instinct de survie ne l'avait pas trompé une fois de plus. Des flics déguisés en clients n'étaient pas rares et il se méfiait en permanence de chaque coup du soir. Une deuxième voiture se plaça sur son chemin, le forçant à stopper sa course. Il se sentit coincé. Dan tenta de partir vers la droite et sauta sur le grillage pour l'enjamber. Au moment où il allait basculer de l'autre côté, deux mains puissantes lui saisirent une des jambes et le tirèrent violemment vers le bas. Il essaya de s'échapper en se débattant, mais deux flics blonds le maintinrent fermement à plat ventre sur le sol, les deux mains dans le dos.

— Je te l'avais dit, Luc, que tu allais le faire fuir, commenta l'un des policiers.

18

— Tais-toi Nathan, lui répondit Luc.

— Lâchez-moi, bande de primates dégénérés.

— Oh tout doux le morveux. Pour toi, la rue s'est finie, lui annonça le troisième homme.

Ils le menottèrent et le traînèrent dans la voiture banalisée. Le trajet jusqu'au commissariat ne fut qu'insultes et coups de pied dans les sièges des deux agents.

— Je ne resterai pas enfermé longtemps et vous allez regretter de m'avoir arrêté.

— On aurait presque peur, gamin, commenta Nathan.

Dan leur promit même de les mener lui-même en enfer. Arrivée au poste de police, on le conduisit dans la zone des mineurs et l'installa dans une cellule, seul. Il continua son cinéma une bonne heure, avant de s'affaler sur le lit. Le jeune homme savait que personne ne viendrait à son secours pour l'instant. Il décida de profiter d'un peu de confort, en attendant de trouver l'occasion de fuir. Il y en aurait bien à un moment ou un autre. Il se demandait ce que faisait Yann et Cody. Quand ils apprendraient où il se trouvait, il était sûr qu'ils se foutraient de sa gueule.

Dan allait être jugé, il le savait et ne pourrait rien empêcher. Il allait écoper de quelques années derrière les barreaux. Si dans un sens, il était tranquille, au chaud à l'abri des intempéries et nourri, la réalité serait tout autre. Il devrait se défendre et montrer qu'il était un dominant. La prison pouvait être un enfer à elle toute seule, encore pire que celui de la rue.

*

— Debout Dan, c'est l'heure de se rendre chez le magistrat,

annonça Nathan.

— Ta gueule, je n'irai voir aucun juge.

— Mais on ne te demande pas ton avis. Allez, ramène-toi ou je viens te chercher par la peau des fesses.

— Désolé, mais je n'offre pas mon cul à des flics.

— Alec, ferme la porte derrière moi, le temps que je le menotte.

— Pas de problème Nathan.

Dan se retrouva seul avec le fameux Nathan. Il faisait presque le double de sa taille et la corpulence, n'en parlons même pas. Il prit place aussitôt dans un angle de la cellule qu'il trouva beaucoup trop petite. Il essaya de contrer le policier quand ce dernier arriva sur lui, mais il fut intercepté et de nouveau plaqué à terre. Il commençait à en avoir marre d'embrasser le sol. Une fois les poignets menottés dans le dos, le flic le remit debout afin de l'emmener jusqu'au tribunal. Ce n'était pas une première pour lui de passer devant un juge. La fois précédente, l'homme de loi l'avait envoyé dans une maison d'accueil dans laquelle il avait fui même pas quarante-huit heures après son installation. Le bâtiment était toujours le même, trop grand et vide. La statue qui représentait la justice avec sa balance dans l'une de ses mains semblait aussi froide que les personnes qui déambulaient dans le corridor, vêtues de leur toge noire et col blanc. Les deux policiers entraînèrent Dan dans une petite pièce sur la gauche. Une salle d'audience où il n'y avait pas de place pour le public. Le jugement du jour, c'était à dire le sien, allait sûrement se passer vite. L'adolescent fut étonné de voir qu'on lui avait collé un avocat. Ce dernier se présenta rapidement au garçon. En jetant un œil sur sa droite, il reconnut celui qui était responsable de son arrestation. Il ne put s'empêcher de lui lancer un regard meurtrier que l'adulte ignora royalement. On conduisit le prévenu jusqu'à une table devant celle où s'installait le magistrat. Après discussion avec son avocat, on l'autorisa à ne pas porter les menottes durant le procès.

Dan prit le temps d'observer la salle dans laquelle il allait être jugé d'un instant à l'autre. Toute la nuit, il n'avait pu s'empêcher de ruminer sur sa capture stupide. Jamais il ne s'était imaginé se retrouver de nouveau ici un jour. Il se sentait de plus en plus coincé. Malgré toutes les précautions dont il faisait preuve en permanence, les flics avaient fini par l'arrêter. Heureusement qu'il n'avait pas sur lui sa dose pour une fois. Dès qu'il serait en prison, il deviendrait difficile pour Dan de s'échapper, sans compter que son paternel allait le tracer facilement. Quand l'homme de loi entra enfin, tout le monde se leva.

— L'audience de ce jour sera présidée par le juge Paul Merise. Affaire numéro une : L'État contre Monsieur Dan Case, dix-sept ans, accusé de vol en bande, d'agression, de possession de drogue et de prostitution.

— Bien, bien, on ne va pas traîner longtemps avec ce dossier. Monsieur Case, d'après le rapport de police, vous avez été arrêté en plein acte de prostitution. D'après le rapport toujours, lors de votre arrestation, vous avez pris la fuite, insulté et résisté aux forces de l'ordre. Est-ce exact ?

— Et alors ? Ils n'avaient qu'à me foutre la paix. Je ne les ai pas invités.

— Monsieur Case, laissez-moi parler. Je vais vous faire sortir d'ici.

— Pas la peine, je suis déjà condamné. Ceci n'est qu'une

mascarade.

— Silence dans la salle. Reprenons, d'après votre dossier, vous avez été interpellé cinq fois au cours des vingt-quatre derniers mois. Vu la gravité de l'ensemble des faits qu'ils vous sont reprochés, vous encourrez la prison pour les dix prochaines années. En êtes-vous conscient ?

Dan regarda d'un air glacial l'homme de loi. Quoi qu'il dise, il se savait condamné.

— Monsieur Spencer, vous êtes Directeur d'un centre pour délinquant ?

— Tout à fait, Monsieur le Juge. Mon institut offre une seconde chance aux mineurs ou jeunes adultes en difficulté afin de revenir sur le droit chemin et de se réinsérer dans la société. Ce programme fonctionne depuis sept ans et les résultats sont plus que satisfaisants.

— D'après le document en ma possession, vous proposez donc à Monsieur Case, une alternative à l'incarcération ?

— En effet, je souhaite qu'il intègre mon programme de rééducation et grâce à ce dernier, l'aider à redevenir une personne respectable.

— Je vois. Dan Case, il s'agit d'une première pour moi et je vais vous laisser le choix. Soit dix ans de prison, soit le centre de réinsertion. Si vous prenez la deuxième solution, en cas d'échec, vous purgerez votre peine de dix ans.

Dan déglutit. Pourquoi lui offrait-on le choix ? Il tourna la tête vers le fameux directeur de l'établissement. Qu'est-ce que ce détraqué prévoyait de faire exactement ? Dans un sens, il se disait qu'il pouvait plus facilement de s'évader de l'institut que de prison.

— Je préfère le centre.

— Très bien. Donc Dan Case, vous êtes placé à partir de cet instant au centre de réinsertion de la seconde chance sous la direction de Monsieur Luc Spencer. Un rapport mensuel me sera transmis et suivant les résultats, je déciderai si vous êtes sur la bonne voie ou si vous irez purger votre peine. La séance est levée.

Dan soupira et se retourna. Ledit Spencer s'était rapproché de son avocat et l'attendait. Il n'eut d'autre choix que de le suivre et de réfléchir dès à présent à une possibilité de fuite. Mais il voulait déjà se venger de ce salopard. C'était par sa faute si maintenant, il se retrouvait dans cette situation.

*

Luc entraîna l'adolescent dans les dédales du tribunal jusqu'au parking souterrain où son 4x4 était garé. Aucun mot ne fut échangé, mais il veilla à ce que le plus jeune le suive docilement. Depuis le temps qu'il faisait ce métier, il n'était pas étonné si son nouveau pensionnaire ne tenta quelque chose. C'était plutôt monnaie courante. Le tout était d'arriver au ranch. Une fois sur place, il pouvait compter sur son équipe de professionnel pour remettre Dan dans le droit chemin. Lui-même était persuadé qu'ils avaient toutes leurs chances pour y parvenir. Ce n'était pas un garçon totalement perdu.

— Monte à l'avant et boucle ta ceinture. Si tu tentes de fuguer, je ne donne pas cher de ta peau.

Dan obéit sans broncher. Une fois installé, il s'accouda à la fenêtre. Il ne voulait pas avoir la moindre discussion avec celui qui l'emmenait loin de sa vie de débauche. Son bourreau grimpa à son tour et fit démarrer la voiture. Luc décida de briser la glace quand il s'engagea dans la rue principale.

— Écoute bien gamin. L'endroit où tu vas atterrir, ce n'est ni le paradis ni l'enfer. Mais cela peut vite devenir ce dernier si tu essayes quoi que ce soit. Il n'y aura aucune tentation possible comme la drogue ou l'alcool. Si tu coopères, tout se passera parfaitement bien et dans deux ans, tu seras à nouveau libre. Un seul faux pas et tu iras moisir dix ans en prison. Tu vas réapprendre à vivre en société. C'est une chance qui ne s'offre pas à tout le monde. Dis-toi bien que tu fais partie des quelques rares à décrocher ce billet.

— Pourquoi moi alors ?

— Parce que ton dossier fut choisi parmi plus de deux cents délinquants en liberté. Quand on arrivera sur place, je te montrerai ta chambre et ensuite nous ferons le point sur ce qu'il t'attend pour les deux prochaines années.

— Ouais, ouais...

— Tu prends pour le moment ça pour une punition, mais au final ce n'est pas son objectif.

Dan préféra se concentrer de nouveau sur le paysage qui changeait de la ville. Il ne savait pas où il s'en allait exactement.

III

Les bâtiments avaient laissé la place à des arbres et des champs par intermittence. La route parut durer une éternité pour Dan qui se mettait même à somnoler. Il ne ressentait pas l'envie de parler à l'homme qu'il jugeait responsable de sa situation. Cela faisait plus d'une heure qu'ils s'éloignaient de la ville et de toute civilisation. Alors que ses pensées se dirigeaient vers ses amis, il se remémora soudainement qu'il lui manquait quelque chose. En effet, au moment de son arrestation, on lui avait pris le peu d'affaires personnel qu'il détenait. L'adolescent se souvenait du jour où il avait fugué de chez lui, n'emportant avec lui que très peu de choses, une clef appartenant à sa mère et une photo qui traînait toujours dans son portefeuille. Il pesta en sachant qu'il doutait de les revoir un jour alors que c'était les deux seuls biens qui possédaient de la valeur à ses yeux. Il n'avait désormais plus rien hormis son nom qui le rattachait à un passé qu'il voulait oublier.

— Pourquoi soupires-tu comme ça ?

— Pour te faire parler.

En plus de ces pertes, il commençait à ressentir sa privation de dose. Il n'était pas contre une petite injection, voire un joint. Yann et Cody fulminaient sûrement à cette heure, car il n'avait pas ramené l'argent. Son dernier gros shoot datait déjà de deux jours. L'adolescent allait devoir trouver une solution rapidement. Il ne voulait pas se retrouver une nouvelle fois en manque et de risquer de tuer la première personne qui lui passerait sous la main, même si l'idée de faire disparaître son conducteur le tenta grandement. Ils arrivèrent finalement au centre vers le milieu de l'après-midi. Il s'agissait d'un ranch sans aucune barrière, ce qui facilitait l'évasion prochaine de Dan.

Luc descendit de la voiture et demanda au garçon de le suivre. Ils entrèrent et se dirigèrent dans un salon plutôt spacieux. Dan observa attentivement les lieux pendant que le directeur saluait les adolescents présents ainsi que les éducateurs avant que ce dernier ne l'entraînât jusqu'à son bureau. Il invita le nouveau à prendre place.

— Avant que je te montre ta chambre, nous allons établir le contrat qui te liera pour toute la durée de ton séjour au ranch. Chacun des gosses a un protocole avec des objectifs à atteindre afin d'avoir la chance de quitter ces lieux un jour. Tu n'es pas le seul et tu cohabiteras avec les adultes et les autres jeunes. Ici, tout le monde se tutoie et il n'y a pas de madame ou de monsieur. On s'appelle tous par nos prénoms. Est-ce clair ?

— Oui, répondit Dan assez sèchement.

Luc ne tint pas compte de l'attitude du garçon, c'était à chaque fois la même chose. Cela faisait partie de son quotidien dès qu'un nouveau gamin arrivait au centre.

— Ensuite, tu ne trouveras ni alcool ni drogue. D'après ton dossier, tu consommais les deux. Il va me falloir le nom des produits que tu prenais.

— Comme si j'allais te dire mon régime. Tu veux aussi les coordonnées de mes fournisseurs ? Cela ne te regarde pas.

— Oh que si cela me concerne. Au vu de l'état dans lequel tu étais hier quand on t'a embarqué, tu venais de te shooter. Je te félicite d'avoir eu autant de réactivité tout en étant défoncé. Ton premier pas va être de te sevrer.

— Je ne t'ai jamais rien demandé.

— Vu que ton arrestation remonte à vingt-quatre heures, le manque ne devrait plus tarder à se faire sentir et j'ai donc besoin de connaître les drogues que tu consommais afin d'établir dans un premier temps une cure de désintoxication.

— Herbe et Ecstasy, voilà, t'es content ?

— Depuis combien de temps ?

— Un certain temps.

— C'est-à-dire ?

— Tu veux que je te précise comment, bâtard ma consommation, vu que ça fait une paye que je fais ça ?

Luc regarda Dan droit dans les yeux avec une aura meurtrière.

— Écoute-moi bien. Une insulte supplémentaire de ta part et je vais t'apprendre les bonnes manières en commençant par te brosser la langue avec du savon. J'accepte beaucoup de choses, mais il y a des limites à ne pas franchir.

— Je ne resterai pas longtemps, ne t'en fais pas. À la

première occasion, je me tire.

— Je demande à voir. La ville la plus proche est à plus de trois cents kilomètres. Ils ont été nombreux avant toi à essayer de s'enfuir et au plus loin, ils ont été récupérés au bout de deux jours. Mais te concernant, tente une seule fugue et je me ferai un plaisir de te renvoyer en prison. Maintenant, soit tu continues à me provoquer, soit on reprend tranquillement notre entretien.

— Qu'on en termine avec cette merde.

— Bien. Les repas sont à heures fixes — huit heures, douze heures trente et dix-neuf heures trente — les douches entre vingt heures et vingt et une heures et le couvre-feu à vingt-deux heures. On organise une veillée les vendredis. Il y a un planning pour les tâches quotidiennes, ainsi qu'un pour les ateliers. Des inspections sont réalisées tous les jours dans les chambres. Je ne tolère pas le désordre. D'ici la fin de la journée, tu vas rencontrer les autres habitants de la maison, dont les gens qui t'encadreront. La violence est interdite et tu te devras de respecter chacune des personnes présentes. Voilà, je pense que l'on a fait le tour. Est-ce que tu as des questions ?

— Non.

— Alors je vais te montrer ton nouveau lieu pour dormir à compter de ce soir.

Luc se leva et emmena l'adolescent à l'étage des dortoirs. Ils passèrent devant plusieurs portes et s'arrêtèrent à la dernière du couloir. La pièce était assez simple avec ces murs crème et son mobilier basique, une armoire, un lit et un bureau. Pas de barreaux à la petite fenêtre, ce qui était une chance pour Dan. En tout cas, elle sentait beaucoup plus la propreté que celle qu'il possédait à l'hôtel.

— Ce sera ta chambre pour tes prochaines années. Prends-en soin.

— C'est grand.

— Il va être l'heure où tout le monde s'installe dans le salon en attendant l'heure du dîner. Suis-moi, je vais te les présenter. Demain nous prendrons tes mesures afin que l'on puisse te fournir un minimum de change. Ceux qui le méritent par leur travail pour progresser se rendent en ville une fois par mois. Je pense que ce genre de renseignements t'aidera à te motiver.

Dan ne répondit pas et préféra suivre Luc au salon. Par rapport à son arrivée, il y avait plus de monde, une dizaine de personnes, adolescents et adultes compris.

— Tout le monde est présent ? demanda le directeur du ranch.

— Salut, Luc, tu nous avais manqué, lança Alexia, l'une des éducatrices et la médecin.

— Je suis persuadé que vous avez géré d'une main de chef. Je vais profiter que vous êtes tous là pour vous introduire le nouveau venu. Ensuite chacun se présentera. Vas-y, je te laisse la parole, dit-il en faisant un signe à l'adolescent.

Ce dernier n'était pas à l'aise, se sentant en infériorité numérique et faible. Il ne se rapprocha pas du groupe qui se tourna vers lui, attendant qu'il parle.

— Lut, j'suis Dan.

— Salut, Dan, je me nomme Yvana.

— Moi, c'est Camille.

— Bonsoir, Dan, je suis Joshua, l'éducateur sportif.

— Je m'appelle Letti.

— Salut, Dan, je suis Isabel et je suis la psychologue.

L'échange dura un bon quart d'heure. L'adolescent ne réussit pas à retenir tous les noms. Il nota toutefois que chaque adulte avait une spécialité. Il y avait entre autres Peter, le surveillant de nuit, Alexia, la médecin, et Loïc, l'éducateur cuisinier. Dan essaya de réfléchir à des solutions pour pouvoir prendre la tangente tout en tentant de mémoriser les noms les plus importants. Il savait qu'il lui fallait étudier les habitudes de chacun. Sa tête devint de plus en plus lourde. Il devait absolument trouver une dose, même un substitut. La toubib devait bien avoir des médicaments dans une pharmacie.

— Et moi je suis donc Luc, éducateur principal, directeur du centre, et le chargé de la cellule de désintox. Cela veut dire que je vais être ton pire cauchemar pour les prochaines semaines. Ne souriez pas les autres, vous êtes déjà passés par là. Alexia, je te le confie pour le bilan.

L'adolescent sortit de ses pensées quand la médecin le prit par le bras et l'invita à la suivre. Pour le garçon c'était peut-être sa chance. Elle le fit mettre en caleçon et réalisa un examen aussi complet que lui permettait sa salle de soins. Elle observa minutieusement les bras de Dan et ne put s'empêcher de plisser les yeux. Quelque chose ne correspondait pas au dossier qu'elle avait eu dans les mains quelques heures auparavant. Son patient ne leur avait pas tout dit. Ce n'était pas la première fois qu'un des pensionnaires mentait, cela était même récurrent et dans un sens elle pouvait le comprendre. Toutefois, elle devait savoir. Certains sevrages se faisaient dans une clinique spécialisée à moins de deux heures d'ici.

— Dis-moi Dan, depuis combien de temps te piques-tu ?

— Je ne vois pas de quoi tu parles.

— Tu peux tromper n'importe qui, mais tu ne m'auras pas. Même si tu changes d'endroit d'injection, je peux compter celles-ci. Et ce n'est pas noté dans ton dossier. Ce qui fait que tu consommes trois drogues différentes. Quelle est-elle ?

— Je ne connais pas son nom. Elle est vendue dans la rue depuis quelques mois. Tu devrais essayer, c'est la meilleure que j'aie pu goûter jusqu'à maintenant. Elle te donne une forme du tonnerre.

— Désolée de te décevoir, mais je préfère ma vie saine. De quand date ta dernière injection ?

— Le matin avant mon arrestation. J'avais eu une nuit difficile à me faire défoncer le cul. J'avais besoin d'un remontant. Tu n'imagines pas comment certains gros porcs se comportent avec nous. Il ne respecte pas notre profession. Il me fallait donc décompresser avec un petit truc de léger.

— Cela fait donc moins de quarante-huit heures, nota-t-elle tout en ne rentrant pas dans son jeu. Tes rapports sont-ils protégés ? Utilises-tu une seringue à usage unique ?

Dan se tut aussitôt. Il n'aimait pas parler de cela. Il connaissait très bien les risques. Pour Alexia, son silence était signe d'aveux. Elle rajouta le dépistage de MST dans sa liste.

— Je vais te faire une prise de sang pour le bilan et ensuite je verrai pour t'établir un programme nutritionnel pour pallier tes nombreuses carences. Passe voir Isabel, elle souhaite converser avec toi un petit peu.

—Je n'ai pas besoin d'un psy.

—Je n'en doute pas une seconde. Tu n'es pas obligé de déballer ta vie, mais elle a quelques questions à te poser, pour mettre ton dossier à jour. Je crois que Luc t'a dit que ta sortie finale dépend du bon déroulement de ton séjour ici.

— Pas la peine de me le rabâcher.

Dan se rhabilla et se rendit dans le bureau de la psychologue. Cette dernière remplissait des papiers. Elle leva la tête en entendant entrer et sourit quand elle reconnut le nouveau venu.

— Alors Dan, est-ce que l'endroit te plaît ?

— Comme si j'avais eu le choix de villégiature.

—J'aimerais savoir comment tu as vécu depuis que tu as fugué de chez toi, il y a trois ans.

—Je t'en parlerai bien, mais ce n'est pas une histoire pour tes chastes oreilles, lui répondit-il en lui souriant de façon provocatrice.

— Tu crois vraiment que ce que tu diras me choquerait ? Je vais t'annoncer une chose, lui dit-elle sur le ton du secret. Il en faut beaucoup pour m'affecter. Je pense que je suis moi-même apte à juger si ce que tu me confieras va m'effrayer ou pas. D'après ton dossier, tu te prostitues. Que t'apporte ce travail ?

— L'éclate et le pognon.

— Te protégeais-tu ?

— Tu crois que j'avais le temps de réfléchir à ça et puis sentir se faire remplir est si excitant, dit-il en se léchant les lèvres. Je suis sûr que tu ne sais même pas ce que cela peut réellement faire. Tu es trop coincée pour ça. Mais si tu veux, je peux arranger ça. Avec moi tu découvriras des horizons inconnus.

— Je pense que cela sera tout pour aujourd'hui. Tu peux soit rejoindre les autres dans le salon, soit te reposer dans ta chambre, car je doute que tes dernières vingt-quatre heures fussent très calmes.

L'adolescent se leva et opta pour s'isoler dans son nouveau chez-soi. Il avait besoin de tranquillité pour finaliser un stratagème. Il se laissa tomber sur son lit, sa tête le faisant de plus en plus souffrir. Mettant ses mains au-dessus de ses yeux, il remarqua qu'elles tremblaient légèrement.

*

Dans le bureau de Luc, Isabel et Alexia étaient assises en face de l'éducateur principal.

— Alors vos premières impressions ?

— Il fait le dur, mais il cache quelque chose. Je ne sais pas encore quoi exactement, mais il a évité certains sujets. Il n'a pas parlé de sa fugue, commença Isabel.

— Sa santé n'est pas très bonne. Je ne sais pas depuis combien de temps il se défonce, mais les mélanges qu'il fait détruisent son organisme. Il faudra voir après son sevrage, mais je pense qu'il y a des risques qu'il développe des troubles mentaux, compléta Alexia.

— Je vérifierai cela au fur et à mesure des séances, lui répondit la psy.

— Par contre Luc, j'ai constaté une légère dilatation de ses pupilles et des tremblements lors de son examen. D'ici quelques heures, il va nous faire sa première crise.

— D'après les rapports sociaux, Dan a fugué il y a trois ans, suite à de la maltraitance de la part de son père alcoolique. Il a perdu sa mère un an avant. D'ailleurs une photo de celle-ci avec lui se trouvait dans son portefeuille. C'est la seule chose qu'il avait en sa possession ainsi qu'une clef. Alec et Nathan l'ont prise pour voir si elle n'appartiendrait pas à un hôtel ce qui permettrait de remonter peut-être sur un réseau. On est sûr que quelqu'un attire les jeunes et les drogue avant de les envoyer dans un réseau de prostitution. Dan est l'un de ces gamins.

— Que comptes-tu faire ? On ne connaît rien de cette nouvelle drogue et on ne sait pas quels seront les effets secondaires pendant la période de désintoxication et après.

— Je vais tout faire pour qu'il s'en sorte, comme je l'ai fait pour chacun des gosses qui sont venus ou qui est actuellement au centre.

— J'ai l'impression que tu en fais une affaire personnelle, commenta Isabel. Tu ne t'es jamais autant impliqué pour les autres jeunes.

— Tu te trompes. Il a été traité comme tous ceux avant lui. Je ne vois pas où est la différence.

— Si tu le dis.

— Tu es censé psychanalyser les pensionnaires pas moi.

— D'ici deux jours, j'aurai les résultats de sa prise de sang. Il a de sacrées carences à vue d'œil, je vais regarder pour lui faire un menu équilibré pour qu'il reprenne du poids. Ce sera toujours ça pour l'aider à reprendre du poil de la bête.

— Il est où en ce moment ? questionna Luc

— Je pense qu'il est parti dans sa chambre.

— Je vais tout consigner dans son dossier. Isabel, demande à Peter de préparer la pièce spéciale pour ce soir. On ne va pas attendre que la crise commence. Je vous laisse gérer le reste du groupe le temps qu'il faut pour que le plus difficile passe.

— Pas de problème Luc, tu peux compter sur nous, répondirent les filles en même temps.

*

Peu avant le dîner, Luc monta voir Dan qu'il trouva endormi sur le lit. Il n'avait même pas pris la peine de se changer ni même de retirer au moins ses chaussures. Ce garçon au visage dur en temps normal paraissait si fragile dans son sommeil. Il détestait tous ces connards qui exploitaient la faiblesse de ces gosses perdus. Après quelques minutes d'observation, il se résolut à le réveiller. Le jeune pesta et se retourna, refusant de se lever. Il finit par obéir, tout de même, quand l'éducateur le menaça de le traîner par la peau des fesses devant tout le monde.

Il se retrouva coincé entre Luc et Alexia pour son premier dîner depuis une éternité. Il maudissait sérieusement son choix. Finalement il préférait la prison, au moins, il aurait mangé tranquille dans sa cellule et n'aurait pas eu de compte à rendre à quiconque.

Au menu du soir, il put savourer des plats dont il en avait presque oublié le goût. Il ne se rappelait plus quand datait ce genre de repas. Même s'il ne le montrait pas, se remplir ainsi le ventre le ravit au plus haut point. Alexia veilla tout de même à ce qu'il ne s'alimentât pas trop non plus, tant qu'il ne fut pas sevré. La désintox allait le rendre assez malade comme cela.

Durant le dîner, tout le monde discuta plus ou moins avec

entrain. Dan se contenta d'écouter, secouant de temps à autre la tête pour calmer sa migraine qui augmentait chaque minute. Il ne put s'empêcher de lancer des regards meurtriers à chacune des personnes qui lui posaient une question. Il refusait de sympathiser avec le moindre individu présent ici. À la fin du souper, chacun débarrassa sa place. Dan se montrait de plus en plus irritable. Il contrôlait de moins en moins ses mouvements.

Pendant que les filles se rendirent à la douche, les garçons échangèrent sur leur journée. Dan tenta de suivre la discussion malgré sa difficulté croissante à se concentrer. Sa tête semblait être sur le point d'imploser. Cette douleur parut se propager dans tout son corps. La fatigue le gagna petit à petit. Quand ce fut enfin son tour d'aller se laver, il se dirigea vers la cabine la plus éloignée des autres. On lui avait prêté des vêtements de rechange. À l'entrée de la salle de bains, Peter et Joshua surveillaient, prêts à intervenir en cas de bagarre. L'eau coulant sur le corps de l'adolescent lui donna une sensation désagréable. L'environnement était de plus en plus bruyant, l'obligeant à se tenir la tête, le dos appuyé contre la paroi. Les rigolades de ses voisins de cabine l'énervèrent au plus haut point, qu'il finit par sortir de la douche et marcha vers le premier à sa portée. Il souhaitait clouer le bec à tous ceux qui se moquaient de lui en ce moment même. Il avait bien remarqué tous ces visages rieurs qui le regardaient durant le repas.

— Putain de merde, vous ne pouvez pas la boucler deux minutes bande de tarés.

— Quoi, le petit dernier voudrait faire la loi ? Non, mais tu te crois où ? Ici, tu dois le respect aux aînés, s'exprima Matthew, un garçon plutôt baraqué à la coupe militaire. Il va falloir que je t'apprenne les bons usages. Tu vas vite te plier à nos règles.

Matthew attrapa Dan et le jeta violemment contre le mur de la douche. Les autres les encerclèrent et la bagarre débuta. Les gestes de Dan n'étaient pas aussi précis et plus d'une fois, il se retrouva à terre. Il avait le visage en sang. L'un des garçons s'éclipsa pour prévenir les deux éducateurs dans le couloir qui déboulèrent et les séparèrent aussitôt.

— Matthew, on t'avait déjà mis en garde de ne plus te battre. Tu cherches vraiment à compromettre ta sortie !

— Ne me faites pas chier, c'est lui qui s'est jeté sur moi le premier.

— Dan, qu'est-ce que tu fous ?

— Ça ne vous regarde pas. Laissez-moi tranquille, bande de chiens !

— Qu'est-ce qu'il se passe ? demanda Luc qui rentra dans la salle de bains au même moment.

L'éducateur observa Dan avant de chasser tout le monde de là. Ce dernier tenta de fuir, mais ses jambes se dérobèrent et il perdit connaissance. Luc se dépêcha de faire un saut dans sa chambre et dans celle du gosse afin de prendre un minimum d'affaires. Il laissa le soin à Joshua et à Peter de gérer l'évènement avec les autres garçons. Il conduisit ensuite son patient dans la pièce à sevrage et l'allongea sur le lit composé de sangles. Pour le moment, tant que l'adolescent restait inconscient, il n'était pas obligé de l'attacher. Même si cela faisait partie de son travail, il n'aimait pas particulièrement cette tâche, car il devait voir chaque drogué passer par des phases de douleur et de délire inimaginable.

IV

Le corps de Dan était glacé jusqu'aux os. Enfin c'était la sensation horrible qu'il ressentait au plus profond de lui. Une violente envie nauséeuse le prit à nouveau aux tripes. Il n'arriva pas à refréner ces vagues qui lui soulevèrent l'estomac. Il tenta d'ouvrir un œil, mais cela lui parut impossible. Il se sentait trempé comme s'il était tombé entièrement habillé dans une rivière. Au loin, il perçut une voix qu'il réussit à reconnaître, tellement il la maudissait. Il s'agissait du responsable de son état. Par intervalle, il avait le sentiment de chuter dans un trou sans fond.

— Dan ! Dan ! Il faut que tu t'accroches gamin. C'est la partie la plus difficile à passer, mais tu vas y arriver. Je crois en toi. Tu dois tenir le coup, Dan. Tu m'entends ?

Il ne pouvait pas lui lâcher les baskets cinq minutes. L'adolescent voulait juste dormir pour le moment. Oui, se reposer et cela irait mieux ensuite. Il ferma de nouveau son œil et sombra dans un sommeil sans rêves.

*

Cela faisait à peine deux heures qu'ils étaient désormais enfermés dans cet endroit. Le seul moyen de sortir était qu'une personne de l'extérieur ouvrit la porte. Pour le moment, la crise de Dan n'était pas très violente et se composait de tremblements, vomissement et sueur. Mais cela était déjà beaucoup pour Luc. Pour quelqu'un de non expert, les symptômes ressemblaient à une mauvaise grippe. Pour l'éducateur, il y voyait autre chose. Il observa le corps d'un gamin qui manifestait son manque de stupéfiant en lui. Une bataille interne de longue haleine qui attendait autant le garçon que Luc pour que l'organisme fût totalement nettoyé. Ce dernier savait très bien que le plus dur restait à venir et il aurait l'air d'un véritable tortionnaire en empêchant l'adolescent de sortir, de se mutiler ou même d'essayer de se tuer. Les crises se déroulaient toujours en plusieurs phases et leur nombre dépendait du temps que la personne avait passé à se droguer et le type de produit qu'elle prenait. Il le vit ouvrir un œil et tenta de l'interpeller. Doucement, il ne fallait pas le brusquer, surtout dans l'état où il était. Luc devait le rassurer et l'encourager à se battre contre ses démons. Dan le fixait sans vraiment l'apercevoir, le regard vitreux.

— Il faut que tu tiennes le coup, ce n'est que le début, gamin.

Il espérait qu'Alexia puisse trouver les composants de cette merde qui coulait dans les veines du garçon, malgré le temps écoulé depuis son dernier shoot. Il ne devait pas rester beaucoup de traces de la drogue dans la prise de sang. L'adulte attendit qu'il se rendormît pour aller chercher, au fond de la pièce, une bassine qu'il remplit d'eau fraîche. La nuit allait être pour eux deux, mais surtout pour lui, très longue. Il baigna un linge humide dans le contenant pour rafraîchir l'enfant.

Il ne fallut pas longtemps avant que Luc ne revît partir Dan dans des délires pendant presque une heure. Il ne put qu'assister impuissant à ce désolant spectacle, l'empêchant uniquement de se blesser. Quand enfin, le garçon replongea dans un lourd sommeil, il en profita pour s'allonger sur le lit de camp juste à côté. Il devait exploiter le moindre répit qu'il avait pour se reposer afin d'être toujours au mieux de sa forme pour le soutenir dès que la crise réapparaîtrait. Finalement, la trêve dura moins d'une heure. Il se leva en sursaut en entendant Dan hurler. Il s'approcha de lui et l'observa quelques instants.

— Dan, qu'est-ce qui se passe ?

— J'ai mal, j'ai mal partout. Il faut que je sorte.

— Hors de question, Dan. Tu dois rester ici, la douleur est dans ta tête.

— Non, tu ne comprends pas, il faut que je dégage de là. J'ai besoin juste d'une toute petite dose.

Dan se leva péniblement du lit. Luc le rattrapa et essaya de le recoucher, mais le gamin en avait décidé autrement et rappela rapidement à l'éducateur qu'une personne en manque ne maîtrisait plus sa force. Le plus jeune repoussa violemment Luc contre le deuxième couchage qui mit quelques instants avant de se redresser et d'intercepter le garçon près de la porte. Ce dernier tenta de l'agresser une nouvelle fois, mais fut plaqué au sol, les mains dans le dos, maintenu fermement.

— Tu ne te rendras nulle part. Plus jamais tu ne toucheras à ces conneries.

— Laisse-moi partir, enfoiré, il m'en faut juste un peu et ce sera beaucoup mieux.

— Ne dis pas de sottise, ça n'ira jamais si tu continues sur ce chemin.

Luc resserra sa prise sur Dan qui se débattit tant bien que mal pour lui échapper. L'adolescent se fatigua à ce jeu, tandis que le plus vieux, lui, ne bougea pas d'un cil et ne fut pas le moins du monde essoufflé. Au bout d'une demi-heure à se déchaîner comme un diable, il n'y eut plus que des sanglots sortant de sa bouche, changeant des insultes en tout genre qu'il avait déversées jusque-là.

— S'il te plaît Luc, laisse-moi m'en aller. Je veux juste ne plus souffrir. Je t'en supplie. Ça fait beaucoup trop mal. Je ne supporte plus.

— Je sais très bien que c'est douloureux. Mais tu dois résister. Si tu craques maintenant, personne ne pourra t'aider.

L'éducateur commença à desserrer sa prise en sentant le corps de l'adolescent se détendre. La deuxième crise était en train de s'achever. Il le retourna et le porta jusqu'au lit sur lequel il le déposa avant de le recouvrir. Il lui passa une main dans ces cheveux trempés de sueurs qui lui collaient au visage. Regardant l'heure à sa montre, il constata qu'il n'était qu'à peine minuit. La nuit était définitivement terminée pour Luc. Ce dernier opta pour une bonne douche, afin d'enlever toute cette odeur de transpiration.

*

Dan avait mal partout, la douleur devenait insupportable. Il allait finir fou s'il n'avait pas rapidement sa dose. L'éducateur ne pouvait pas le comprendre. Il ne savait même pas pourquoi il ne lui foutait pas la paix. Il n'avait rien fait de répréhensible, se défoncer était sa vie pas celle des autres. Il n'avait qu'une envie à cet instant-là : massacrer celui qui l'empêchait de vivre, qui lui avait pris sa liberté qu'il voulait récupérer coûte que coûte. Le gamin avait tenté de lui échapper, mais l'éducateur possédait une sacrée force et le maintenait sans problème au sol. Il fallait qu'il se dépêche avant de mourir de manque. Dan souhaitait plus que tout revoir ses amis, les seules personnes qui le comprenaient. Des larmes perlèrent sur ses joues sans savoir pourquoi, mais cela lui procura un sentiment de bien-être de pleurer. Au bout d'un long moment, il finit par sombrer à nouveau dans un sommeil sans rêves. Il avait l'impression de tomber dans un puits sans fond. Il essaya de se rattraper, mais ne trouva rien à quoi s'accrocher. Il voulut crier, mais aucun son ne sortit de sa bouche. Soudain, il sentit quelque chose le retenir et il ne chuta plus. Il ouvrit les yeux en grand et se perdit dans un regard gris acier.

— Dan ! Dan ! Est-ce que tu m'entends ? Réponds-moi !

Il continuait à fixer ces yeux, sans vraiment les voir.

— Putain de sale gosse, tu vas me répondre !

D'un seul coup, comme frappé par la foudre, Dan recula en réalisant qu'il s'agissait de l'un de ses cauchemars qui le tenaient.

— Lâche-moi, ordure !

— Bon apparemment, tu as retrouvé tous tes esprits. Comment te sens-tu ?

— J'ai froid et j'ai la tête qui tourne.

— C'est déjà mieux que tout à l'heure.

— On est où là ?

— Dans la pièce.

— Quelle pièce ?

— Celle qui est devenue l'unique endroit où tu resteras jusqu'à ce que la sensation de manque disparaisse définitivement, soit pour quelques semaines.

— Non, ce n'est pas possible. Je ne veux pas rester enfermé.

— Tu n'as pas le choix et de toute façon, tu n'es pas seul, car je serai avec toi ici jusqu'au bout.

— J'ai encore moins envie d'être là. Bordel de merde, qu'est-ce qu'il m'a pris ce soir-là d'aborder ta putain de bagnole.

— Dis-toi au moins que tu as une chance encore de faire quelque chose de ta vie. En revanche, vu que tu as la langue bien pendue et qu'il n'est que trois heures du matin, va te laver. Tu dégoulines de sueurs et cela te fera le plus grand bien. Il y a tout le nécessaire de l'autre côté de la paroi.

— Quoi ! Je dois me nettoyer dans cette douche qui ne cache presque rien ? Mais tu es un pervers en fin de compte. Ouais, c'est ton trip de t'enfermer avec des jeunes comme moi. Avoue ! Tu aimes te taper des mecs que tu peux séquestrer dans cette pièce sans être vu. Il y en a eu combien avant moi qui y sont passés ?

Avant même de pouvoir continuer sur sa lancée, Dan fut attrapé au col et traîné jusqu'à un angle du mur. Là, Luc lui leva la tête vers un boîtier noir.

— Comme tu peux le constater, il y a des caméras ici qui enregistrent en permanence le moindre fait et geste de notre part. J'espère que cela te rassure quant à ta vertu que tu as, si je me rappelle bien, perdu il y a plusieurs années. Maintenant, va te laver.

Luc lâcha le garçon qui perdit légèrement l'équilibre. Pour une fois, il n'avait plus rien à balancer au visage de l'éducateur qui retourna vers son propre lit. Il resta quelques minutes sans bouger avant de finalement obéir. Il se dirigea de l'autre côté du mur qui ne cachait que la partie basse de son corps, tout en serrant des poings. Il se promit de se venger tôt ou tard pour tout ce qu'il lui faisait endurer. Il deviendra alors à son tour son cauchemar, en inversant les rôles.

L'eau chaude qui coula sur sa peau lui fit le plus grand bien et il se permit de fermer un moment les yeux pour en apprécier le maximum. Il ne traîna pas pour autant, ne voulant pas donner une raison à l'adulte de le mâter sans payer une certaine somme. En prenant la serviette, il constata que les vêtements qu'il avait retirés n'étaient plus là, mais remplacé par d'autres, propres.

— Ça va mieux, maintenant que tu t'es rafraîchi ?

— Ouais.

— Essaye de dormir un peu, la nuit est loin d'être finie.

Il obtempéra et se rallongea sur sa couche. Luc se redressa pour éteindre la seule lumière de la pièce. Le plus vieux patienta que l'adolescent sombre pour de bon pour se laisser happer par le sommeil.

*

L'éducateur entendit au loin des bruits de martèlement. La réalité refit rapidement surface. Il s'agissait de Dan qui frappait, comme un forcené, en hurlant contre la porte. De la façon dont le jeune réagissait, il se trouvait dans une nouvelle crise de démence. Combien de temps s'était-il écoulé depuis la dernière fois ? Il jeta un œil sur son portable qui indiquait cinq heures quinze du matin.

— Dan, calme-toi. Cela ne sert à rien ce que tu fais. Tu te fatigues inutilement. Personne n'ouvrira la porte sans mon accord.

— Je ne peux pas rester. Je dois sortir maintenant. J'ai mal, j'étouffe. J'vais mourir si je ne pars pas immédiatement.

Luc ne put que constater l'état de délire total dans lequel se trouvait l'adolescent. Les choses allaient dorénavant se corser plus rapidement qu'il ne le pensait. Le passage à ce stade de démence, il fallait attendre généralement quatre à cinq jours de manque et il n'était plus seul avec le toxicomane pour le contrôler. À ce moment-là, ils étaient toujours à deux afin d'éviter que le drogué ne se blesse ce qui arrivait fréquemment pendant ce type d'hallucination. Il regarda autour de lui, vérifiant rapidement qu'il n'y avait aucun objet qui pourrait servir au brun d'arme. Le maîtriser au corps-à-corps était déjà difficile, même s'il le dépassait légèrement en gabarit, alors il ne voulait pas rajouter d'autres obstacles. Il remarqua que Peter avait bien préparé les sangles du lit. Luc avait encore trois heures à attendre avant que Joshua et Alexia ne viennent. Le temps allait vraiment être horriblement long, mais il fallait bien ça pour aider Dan à s'en sortir. Il avait pris la résolution, il y a plusieurs années, de sauver un maximum de gosses perdus en les empêchant de crever avec ces drogues. Dan ne ferait pas exception, dût-il vendre son âme au diable.

*

Dan continua à crier et à taper contre la porte, se démenant comme un démon et ne ressentant pas la douleur que pouvaient provoquer ses coups d'épaule contre celle-ci. Il était tellement focalisé à tenter de sortir d'ici qu'il ne remarquât pas que Luc s'était dangereusement rapproché de lui.

— Dan, calme-toi !

— Non, je veux sortir. Laissez-moi partir d'ici, vous n'avez pas le droit.

— Je sais que cela ne te plaît pas du tout. Si tu crois que cela m'enchante de faire ça, mais tu n'as pas le choix, tout comme moi.

L'adolescent ne souhaita rien savoir de plus et se jeta sur l'éducateur, tentant de l'étrangler. Ses mains essayèrent de s'accrocher autour du cou de son ennemi du moment, mais elles furent repoussées. Il désirait sortir, seule cette pensée remplit sa tête. Ses yeux étaient injectés de sang et sa respiration saccadée.

*

Luc savait qu'il devait se dépêcher pour intervenir et le maîtriser. Déjà l'empêcher de se retrouver étranglé n'était pas facile. C'était que ce petit con en avait de la force. Il finit par l'attraper au niveau des épaules, tout en évitant à ses mains de venir trop près de sa gorge. Il leva son pied droit, l'appuya sur le ventre de Dan et le fit passer au-dessus de lui pour le plaquer sur le dos. Tout se déroula ensuite très vite, il profita de l'étonnement et de l'étourdissement du brun pour le maîtriser, le tirer jusqu'au lit qui heureusement n'était pas loin. Il le maintint sur le dos le temps de réussir à le sangler pour qu'il ne se fasse pas plus mal.

Ce fut l'opération la plus délicate pour lui, car le plus jeune se débattit comme un diable, et il lui fallut presque un quart d'heure pour y arriver. Dan continua de proférer tout un tas d'insultes pendant plus d'une heure. Luc, quant à lui, une fois sûr qu'il ne pourrait plus bouger du lit, s'installa dans le fauteuil et prit son livre.

*

Il était pratiquement huit heures trente, quand on toqua à la porte. Dan était à nouveau calme et l'éducateur en profita pour autoriser l'ouverture de celle-ci. Alexia fut la première à rentrer, suivit de près par Joshua.

— Luc ! Comment s'est passée la nuit ?

— Comme tu peux le constater, à merveille.

— Mais qu'est-il arrivé à ton visage ?

— Demande à l'autre démon. Salut, Joshua, il est attaché depuis quelques heures.

— Salut Luc. Si tôt ? Tu aurais dû m'appeler, je serais venu t'aider.

— Honnêtement, le risque de le voir fuir était trop grand. Je n'aurais pas pu autoriser l'ouverture de la porte.

— Bon, allez, assieds-toi que je te soigne, intervint la médecin.

— Ce n'est pas la peine, prends soin de Dan. Je vais saisir l'occasion que vous êtes là pour aller me changer et faire un peu de paperasse. Ne le détachez sous aucun prétexte.

Luc se dirigea alors vers son bureau. Quitter la pièce allait lui faire le plus grand bien après sa nuit agitée. Il en profita pour prendre connaissance des derniers mails reçus, dont un venant de Nathan. Il le recontacta aussitôt.

— Je te manque déjà pour que tu m'appelles à une heure si matinale ?

— J'ai surtout vu ton message et je ne suis pas d'humeur.

— Que se passe-t-il ?

— Dan a commencé son sevrage. Cela ne fait que douze heures, mais j'ai l'impression que cela a duré trois jours.

— J'imagine bien.

— Tu as dit que tu avais peut-être une piste pour l'affaire Case.

— Plus ou moins. Alec est parti faire un tour dans le quartier où ton jeune protégé traînait avec deux autres gars. On va essayer de les interpeller rapidement. On espère qu'ils pourront nous cracher le morceau sur l'hôtel qui leur sert de lieu de prostitution et d'achat de drogue. Mais bon, on a peu d'espoir vu les maigres indices en notre possession.

— Dès que tu as des nouvelles, tu me préviens. Si je ne réponds pas, un de mes collègues prendra le message.

— Pas de problème. Mais tu sais très bien que tu ne pourras pas les intégrer dans ton programme. Ils devront être séparés afin de mieux les réinsérer.

Les deux hommes échangèrent un moment, Luc détaillant les crises de sevrage de l'adolescent. Quand il mit fin à la conversation, il traita rapidement ses papiers, et prit le temps de voir les autres gosses présents au centre. Il ne pouvait pas se permettre d'en négliger un seul. À son retour dans la pièce, Dan était de nouveau en manque et tentait de s'extirper de ses entraves, poussant Alexia à se reculer.

— Écoute Luc, il faut que je lui injecte un calmant, sinon son corps ne va pas résister longtemps. Il est tellement en surtension que cela a des répercussions sur son système nerveux et cardiaque.

— D'accord. Joshua, viens m'aider. Tu lui bloques les jambes et moi ses bras.

— Fais gaffe, il mord.

— Oh, maintenant, il en arrive aux dents. Il devient de plus en plus imaginatif. Alexia, ne loupe pas ton coup.

— Dès qu'il ne bougera plus, je lui fais l'injection.

— Bordel de merde, lâchez-moi bande de primates.

— On se calme Dan, on veut juste t'aider à moins souffrir, alors arrête de gesticuler deux minutes.

— Mon cul oui, vous voulez ma mort, j'en suis sûr. Je vais tous vous tuer jusqu'au dernier.

Alexia s'approcha rapidement et lui introduire le produit dans le bras. Il fallut patienter quelques minutes avant de voir l'effet se manifester. Dan finit par s'apaiser et s'endormir. La médecin retourna au centre afin de vérifier si les premiers résultats étaient disponibles, laissant les deux éducateurs avec l'adolescent. Luc profita d'être enfin secondé pour se reposer un peu.

*

Les trois jours qui suivirent furent vraiment très éprouvants pour les trois personnes enfermées dans la même pièce. Les deux adultes se relayaient pour prendre soin du brun. Ils ne comptèrent plus le nombre de fois où ils durent changer la literie sur laquelle le plus jeune en arrivait à faire ses besoins, et à vomir par moments. Les phases calmes étaient de plus en plus rares. Régulièrement Alexia revenait afin de donner des tranquillisants.

*

Au bout d'une semaine, Dan reprit connaissance plus calmement. Luc dormait dans le lit d'à côté, tandis que Joshua semblait captivé par sa lecture sur le fauteuil à côté de son couchage. Ce dernier releva la tête en entendant l'agitation.

— Comment te sens-tu ?

— Pas au mieux. Je ne me sens pas bien du tout. J'ai l'impression d'être passé au rouleau compresseur. Mais pourquoi suis-je attaché ?

— Pour te protéger et t'éviter de te faire du mal.

— Cela fait combien de temps que je suis ici ?

— Un peu plus d'une semaine. Luc t'expliquera tout plus tard.

— Il faut que je me lève, je veux aller aux toilettes.

— Je vais te détacher.

Joshua se rapprocha de l'adolescent et lui défit les sangles. Ce dernier tenta de se redresser, mais fut pris de vertiges. Deux bras le soutinrent aussitôt, dont un de Luc. Il s'était réveillé dès que le garçon avait commencé à parler. Les deux adultes l'aidèrent à se rendre dans le coin des cabinets avant de le laisser tranquille et de prévenir Alexia.

V

Jour de l'arrestation de Dan, quelques heures auparavant

— Alec, tout est prêt pour ce soir ? demanda Luc en s'installant sur le siège en face du bureau du policier.

— Oui, j'ai récupéré la voiture banalisée et les ordres de mission. Il ne manque plus que Nathan et on pourra débriefer.

— Bien, j'espère que cela va fonctionner. J'en ai marre de recommencer parce que les infos ne sont pas bonnes. La prochaine fois, je fais la peau à tes indics.

— Je compte leur en toucher deux mots quand je les revois.

— Si on boucle l'affaire rapidement, on pourra aller boire un verre ensuite, intervint Nathan en arrivant avec les gobelets de café fumant.

— Qu'est-ce qu'il ne faut pas entendre par moments ? commenta Luc. Bon, on se met au boulot ? Je n'ai pas que cela à faire.

—J'ai réservé la salle de réunion habituelle.

Les trois hommes se dirigèrent vers une petite pièce à l'étage. Nathan distribua un dossier pour chacun et commença l'exposé.

—Je vous présente notre cible de ce soir, Dan Case, dix-sept ans. Il a fugué de chez son père à l'âge de quatorze ans. Jusqu'à la mort de sa mère survenue un an plus tôt, il était un garçon plutôt sérieux à l'école et sans histoire. Puis du jour au lendemain, il a changé radicalement. Les résultats scolaires ont chuté, il est devenu bagarreur et il a commencé à fumer des joints. À l'époque le corps enseignant avait mis cela sur le décès de sa mère. Le jour de ses quatorze ans, lors d'une soirée qui aurait fini en règlement de compte, d'après les voisins qui ont prévenu la police en entendant des hurlements, Dan a disparu de la circulation. Une procédure pour disparition inquiétante a été ouverte et son père fut interrogé à plusieurs reprises sans que cela ne donne quelque chose de vraiment concluant. Au bout de six mois, l'affaire est passée de disparition inquiétante à fugue. Son paternel quitte quelque temps plus tard la ville et nous n'avons plus aucune trace de lui depuis.

—Il y a neuf mois, alors que l'enquête dormait dans un placard, comme de nombreuses autres sans pistes exploitables, l'un de mes indics me signale l'arrivée de plusieurs gamins de quinze à dix-huit ans dans certains quartiers de non-droit, continua Alec. En procédant à des croisements entre les photos prises par mes sources et celles disponibles dans les fichiers des adolescents disparus, on en identifie plusieurs d'entre eux, dont Dan Case. Avec Nathan, on est rapidement mis sur l'affaire. Après plusieurs semaines d'investigation, il en ressort que la plupart des gosses sont drogués jusqu'à la moelle et qu'ils appartiennent tous à un réseau de prostitution. À ce jour, nous n'avons toujours pas pu remonter à la tête du trafic, il y a énormément d'intermédiaires.

— J'ai rencontré Dan il y a quelques jours en me faisant passer pour un nouveau client.

— Ne me dis pas que tu as...

— Je t'arrête tout de suite Luc, je l'ai envoyé à la douche, à peine arrivé à l'hôtel. J'ai profité qu'il tournait le dos à la porte pour prendre son dos en photo et ainsi le confondre avec le rapport médical en notre possession.

— Que sait-on de Dan ? demanda Luc.

— Il traîne en permanence avec deux autres garçons. Ils nous ont échappé à plusieurs reprises. Ils sont extrêmement méfiants. On est sûr par contre que Dan et le plus jeune, Cody font régulièrement le tapin. Le troisième, Yann, semble être le chef du groupe. C'est lui qui distribue la nouvelle drogue à ses camarades en tout cas et il récupère l'argent. Il rencontre de temps à autre un type qu'on n'a pas encore réussi à identifier, mais qui correspondrait à l'un des seconds du cartel.

— Que sait-on de cette drogue ?

— Pas grand-chose, malheureusement, répondit Alec. Elle a tué cinq gamins le mois dernier. La scientifique n'a pas réussi à recomposer la molécule jusqu'à aujourd'hui. On sait que les gosses prennent une dose tous les trois jours. Si on a bien calculé notre coup, la prochaine doit avoir lieu ce jour, mais rien n'est vraiment sûr.

— Donc, si on arrive à arrêter Dan, j'aurais très peu de temps avant de commencer son sevrage.

— Tout à fait, confirma Nathan. En prime, on ne connaît pas quels sont les effets du sevrage vu que cela serait le premier.

— Je vois. On procède comme d'habitude, je suppose.

— C'est ça, répondit Alec. Tu auras un véhicule banalisé, équipé d'une radio. Le canal est déjà programmé. Dans la boîte à gants, il y a un sifflet pour le cas où. Ton objectif sera de le faire monter dans ta voiture et de l'emmener à l'adresse indiquée page trois. Des agents infiltrés le captureront dès qu'il sera dans la chambre.

— Bien, il n'y a plus qu'à attendre l'heure. Pendant ce temps, j'ai rendez-vous avec le magistrat à onze heures pour présenter le dossier afin que le jugement de demain se passe très vite. On se rejoint où et à quelle heure ?

— Vingt-deux heures quinze sur le parking arrière de la poste. Dan commence le tapin vers la demie. On te suivra de loin. Les rues de prostitutions sont plutôt étroites et on peut facilement bloquer le secteur. Mais si on pouvait faire cela en douceur, ce serait pour le mieux. Au fait Luc, avec Alec, on se demandait pourquoi tu tenais tant à participer à l'opération. Après tout, ce n'est qu'un gamin paumé parmi tant d'autres.

— Je veux comme vous que toute cette affaire cesse une bonne fois pour toutes et par la même occasion leur montrer que le centre peut aider des jeunes comme Dan à s'en sortir.

— C'est un peu risqué.

— Je le sais très bien, mais j'ai une entière confiance en

mon équipe.

— Si tu le dis.

— Il y a quinze ans, on te mettait le grappin dessus, rappela Nathan. Le petit Luc, un délinquant notoire avec un casier aussi long que mon bras. Quand on voit ce que cela a donné, on peut être fier de nous.

— Quand vous aurez fini votre moment nostalgique, faites-moi signe.

Luc laissa les deux policiers à leur travail et décida de faire un tour en ville en attendant son rendez-vous avec le juge Paul Morisse. Il le connaissait depuis des années. C'était ce même juge qui l'avait condamné quinze ans plus tôt à intégrer un centre de réinsertion. Comme sa cible du jour, il avait été un gamin paumé de la rue, vivant de larcins. Son séjour dans un de ces établissements lui avait permis de trouver un réel but à sa vie. Tout au long de son parcours, il avait eu la chance d'être épaulé par Alec et Nathan qui l'avaient pris sous son aile.

*

Parking arrière de la poste, trente minutes avant l'arrestation de Dan.

Nathan et Alec patientaient depuis un moment.

— Pour un qui est à cheval sur la ponctualité, il est en retard, commenta Alec en regardant pour la énième fois son portable.

— Qui est en retard ?

— Ah il était temps ! On a cru que c'était à ton tour de nous poser un lapin.

— Bon, on y va ? s'impatienta l'éducateur.

— Voilà tes clefs. L'itinéraire est déjà dans le GPS.

— C'est parti.

Les deux véhicules s'engagèrent sur l'avenue. Le deuxième ralentit au bout d'un kilomètre et bifurqua dans une petite ruelle. Luc pénétra dans le quartier de sa destination. Il roula au pas, tout en cherchant sa cible parmi les prostitués. Il n'y avait que des hommes plus ou moins jeunes. Enfin, il finit par le trouver, en léger retrait. Malgré la nuit, il remarqua les yeux injectés de sang de l'adolescent. Il devait s'être défoncé un peu plus tôt. Il était temps pour lui d'agir.

*

Les deux flics ne furent pas mécontents de pouvoir enfin rentrer chez eux. Cela faisait quarante-huit heures facilement qu'aucun des deux n'avait fermé l'œil. Ils savaient pourtant qu'ils allaient devoir se relever dans à peine cinq heures. Nathan jeta les clefs du véhicule sur le meuble d'entrée, tandis qu'Alec rangeait les vestes. Ils vivaient ensemble depuis vingt ans. Ce n'était pas évident tous les jours, leur travail empiétant sur leur vie privée régulièrement. Il y avait eu beaucoup de haut et de bas, mais ils avaient réussi à surmonter la moindre épreuve. Ils se douchèrent rapidement à tour de rôle, trop épuisé pour profiter de ce moment de répit et se couchèrent l'un contre l'autre.

*

Comme prévu, le réveil fut vraiment difficile pour les deux hommes.

— Vivement qu'on puisse enfin prendre des vacances. Je

ne me rappelle plus la dernière fois où j'ai pu faire le tour du cadran, se plaignit Alec.

— Et si on partait loin cette fois ? proposa Nathan.

— Sable fin, ciel azur et une mer d'un bleu lagon qu'on aurait l'impression de rêver.

— Oh les îles, merveilleuse idée. Une fois l'affaire bouclée, je fais nos bagages.

— Je m'occuperai des réservations alors. En attendant, c'est quoi le programme du jour ?

— On emmène le gamin au tribunal, ensuite je vais essayer de prendre contact avec mes indics.

— Attention à toi, je pense que le quartier va être à cran après notre passage de la nuit dernière.

— Sûrement, cela ne sera pas facile de mettre la main sur les deux autres.

— On finira par y arriver. On en a bien attrapé un.

— Allez, dépêchons-nous où Luc va encore râler.

Sans plus attendre, ils se rendirent à leur commissariat afin de récupérer Dan pour le conduire au tribunal. Nathan déposa au passage le rapport de la veille à leur supérieur.

*

Une fois qu'ils furent débarrassés de Dan, ils se replongèrent dans l'affaire. Ils voulaient en finir le plus vite possible, afin de tirer un trait sur toute cette affaire qui leur pompait toute leur énergie depuis un an. C'était le plus gros dossier sur lequel ils travaillaient depuis le début de leur carrière. Une fois changé, Alec se rendit au bar, où il avait l'habitude de rencontrer ses indics. Il espérait en voir au moins un, histoire de prendre l'ambiance depuis l'arrestation de la veille.

En pénétrant comme à chaque fois dans l'établissement, il trouva l'air plutôt tendu. Plusieurs regards se braquèrent sur lui, les conversations se turent. Il ignora tout le monde et se dirigea d'un pas tranquille vers le comptoir pour commander sa consommation habituelle et s'installer ensuite à la table du fond. Il dut patienter plus de deux heures avant que l'un de ses contacts ne montre le bout de son nez.

— Mec, c'est dangereux pour un flic de se balader seul. Les gros bonnets sont hors d'eux avec le bordel que vous avez fait. Ils sont à la recherche du gamin coffré.

— Ils ne le trouveront jamais. As-tu vu les deux autres ?

— Une camionnette grise les a embarqués de force au petit jour. Ils n'ont pas eu le temps de comprendre ce qui se passait.

— Ça en revanche, cela n'arrange en rien mes affaires.

— Tu retrouveras sûrement leur corps d'ici quelques jours dans une poubelle de quartier. Tu sais comment ça fonctionne quand tu es dans le collimateur.

— Trop bien même. On va essayer de faire tout notre possible pour mettre la main sur eux avant que l'inévitable arrive.

Les deux hommes échangèrent encore un long moment avant de se séparer. Quand Alec rentra au commissariat, il était encore plongé dans ses réflexions suite aux dernières nouvelles. L'affaire était en train de prendre un tournant tragique. Si jamais les deux autres disparaissaient, alors il y avait de fortes chances que toutes les pistes tombent à l'eau.

— Tu n'as pas l'air dans ton assiette, commenta Nathan en lui tendant un café.

— Tu n'as pas idée. Les deux autres ont été embarqués par le cartel.

— Il faudrait mettre la main sur le type qui échange avec Yann. C'est peut-être lui qui pourra nous mener sur les deux gosses, mais aussi sur la tête du trafic.

— À moins qu'il ne soit pas assez élevé dans l'échelle. On ne sait absolument rien de lui.

— Je peux me renseigner auprès de mes contacts au niveau de la sécurité de l'État. On ne sait jamais.

— On n'a rien à perdre.

— Je leur envoie les informations que l'on a et ensuite nous allons manger, annonça Nathan.

— Et qu'as-tu prévu de bon au menu de ce soir ?

— Le nouveau restaurant italien.

— Celui dont je n'arrête pas d'en entendre parler depuis plusieurs semaines ? Il a intérêt à être vraiment bon.

— Je fais toujours d'excellents choix, commenta Nathan avant de déposer un baiser sur les lèvres d'Alec. J'en ai pour cinq minutes et je suis à toi.

*

Le lendemain, Alec retourna dans les bas quartiers, son indic qu'il avait vu la veille, avait une piste concernant Cody et Yann. Par chance le tuyau filé était bon. Il se retrouvait maintenant à poursuivre l'un des gosses dans les égouts de la ville. Alec appela des renforts avant d'y descendre. Dorénavant, il enchaina au pas de course les longues galeries, pataugeant dans l'eau nauséabonde et une espèce de boue dont il ne voulait même pas tenter d'identifier la provenance. La course-poursuite dura pendant presque une bonne demi-heure avant de se solder au final par un échec. Il perdit de vue à une intersection sa cible. Il n'arrivait pas à se situer. Alec tenta de se concentrer sur des bruits de pas, mais n'en perçut aucun. Il n'y avait que l'eau qui coulait et les rats qui se déplaçaient entre ses jambes. Il ressortit par la première trappe qu'il trouva et vérifia qu'il avait de nouveau du réseau. Il contacta aussitôt Nathan.

— Alec ? Tu es où ? On te cherche avec la patrouille.

— Je n'en sais rien. Les bâtiments se ressemblent tous. Je pense être toujours dans le quartier. Attends, je me dirige vers une intersection.

— Je suppose que tu ne l'as pas attrapé ?

— Non, il m'a filé entre les mains. Je suis entre la 12e et la 15e.

— OK, on arrive. On a retrouvé le corps d'un adolescent complètement défiguré. Il va nous falloir des analyses ADN pour pouvoir l'identifier. Mais je pense savoir déjà de qui il s'agit.

Alec fut content de voir Nathan débarquer quelques minutes plus tard avec une voiture. Malgré l'odeur d'égout sur ses vêtements, il prit place à côté du conducteur. Nathan ne fit aucune remarque, mais ne put résister à rouler les fenêtres ouvertes.

*

Salle d'autopsie.

— Salut doc, alors qu'as-tu pour nous ? demanda Nathan.

— Jeune homme d'environ quinze à dix-sept ans tout au plus. Nous sommes en train de faire une recherche ADN, car le visage est méconnaissable, comme vous le saviez déjà. Son décès remonte à vingt-quatre heures maximums. D'après les stigmates dans ses yeux, il est mort par strangulation. On remarque des traces autour du cou. Mais ce n'est pas une main. Je dirais une corde ou une ficelle. Il ne s'est pas beaucoup débattu, il devait soit être maintenu, soit il était drogué à ce moment-là. On est en attente des résultats toxicologique, mais vue le nombre de trous dans ses bras, c'était un junkie.

— Il y a d'autres traces ?

— Oui. En revanche, la suite ne va pas te plaire. Le gamin s'est fait violer post mortem. Cependant, son agresseur a mis un préservatif et donc on peut dire adieu à trouver de l'ADN. Toutefois, j'ai localisé un peu de peau sous ses ongles. Je suis sûr que la scientifique sera heureuse d'avoir des échantillons. Ah, je crois que j'ai enfin un nom pour toi.

— Allons voir ça.

— Il s'agit d'un dénommé Cody Savro, dix-sept ans. Orphelin et fiché chez nous pour vol et possession de drogue. Le pauvre petit. Gâcher ainsi sa vie.

— Et merde. J'en connais un qui ne va pas être content de savoir cela. Sans compter que cela nous coupe légèrement l'herbe sous les pieds pour remonter plus haut.

— Pourquoi ?

— Il fait partie des deux gosses que l'on recherchait. Il faut que l'on retrouve l'autre au plus vite, il est peut-être aussi en grand danger maintenant. Merci, si tu as de nouvelles infos, préviens-moi.

— Comme toujours Nathan.

— Tu ne penserais pas que l'assassin de Cody pourrait être Yann ? Tu l'as trouvé à l'endroit où je me suis mis à le poursuivre.

Les deux policiers quittèrent rapidement la salle et Nathan composa un numéro.

— Luc, j'espère que je ne te dérange pas.

— Non, jamais. Dan est en phase de sommeil pour le moment et j'en profite pour faire un peu de papier. Du neuf ?

— Pas de bonnes nouvelles, je le crains. On a retrouvé le corps de Cody.

— Il ne manquait plus que ça. Il est mort de quoi ?

— Strangulation et viol post mortem.

— Envoie-moi dès que possible le rapport d'autopsie à mon mail.

— Pas de soucis. Sinon on n'a pas réussi à capturer l'autre. Alec l'a loupé de peu. Il doit savoir quelque chose.

— Trouvez le vivant.

— Je pourrais presque croire que tu te prends pour notre supérieur.

— Je veux juste qu'on mette fin à ce trafic au plus vite.

— Comme nous. Mais tu devines aussi qu'au moment où on mettra un terme à celui-là, un nouveau verra le jour malheureusement.

Nathan raccrocha et remonta vers son bureau où travaillait Alec.

— Alors quoi de neuf ?

— Luc a l'air d'en baver avec Dan. Sa voix semblait fatiguée.

— C'est con que je n'aie pas réussi à le capturer. J'ai vraiment merdé.

— Je ne pense pas. Tu ne pouvais pas prévoir.

— Bon, mettons-nous en route, on doit essayer de sauver le dernier de la liste.

— Tu ne veux pas te doucher avant ? Ce n'est pas que je ne t'aime pas, mais ton nouveau parfum n'est pas de la rose.

— D'accord, laisse-moi alors un quart d'heure.

Ils s'en allèrent une heure après de nouveau dans les bas quartiers à la recherche de l'unique gamin encore vivant et qui pourrait sûrement les aider à coincer tous ces connards. C'était peut-être voué à l'échec, mais ils ne devaient pas baisser les bras.

VI

Cela faisait trois semaines que Dan était entré en phase de sevrage. Sa dernière crise violente datait de deux jours maintenant. Elle fut tout de même moins intense que les précédentes, mais cela montrait bien le long chemin pour s'en sortir. Depuis quelques jours, Alexia n'avait plus eu recours à l'injection du moindre calmant, ce qui était une bonne avancée. Pour l'adolescent, le temps commençait à lui paraître interminable, contraint de rester cloîtré entre les quatre murs de cette pièce qui lui semblaient lugubres avec pour seule compagnie les deux éducateurs aussi intéressants que la lecture de l'intégralité d'un dictionnaire. Il ne savait pas encore combien de temps allait durer cet horrible calvaire. Pour l'aider à passer ses journées, on lui avait apporté des livres, ainsi qu'un cahier et des crayons.

Au début, il fut très méfiant et pensa que les adultes désiraient espionner ses réflexions. Il se mit finalement à griffonner juste des mots sans queue ni tête. Il ne faisait pas la moindre phrase. Aucun des éducateurs ne chercha à lire ce que contenait le carnet, respectant l'intimité de Dan.

Ce matin, Luc lui annonça la venue d'Isabel pour une séance d'écoute. L'adolescent ne lui répondit pas, il refusait de parler à qui que ce soit. Pourtant, s'il s'exprimait auprès de la psychiatre, il plaçait toutes ses chances pour sortir de ces quatre murs. Cette dernière arriva peu après dix heures et demanda à rester seule avec Dan. Elle désirait avoir une consultation pour mettre celui-ci en confiance. D'abord réticent, Luc finit par accepter. Une fois en tête à tête, la femme s'installa sur le fauteuil à une distance raisonnable du garçon pour lui laisser sa zone de confort.

— Alors Dan, comment te sens-tu ?

— Bien.

— Te crois-tu prêt à quitter cette pièce pour retourner avec les autres ?

— Même si je dis oui, ce n'est pas moi qui ai le dernier mot.

Isabel regarda le jeune homme qui restait assis sur son lit, dos au mur. Elle remarqua les traits moins durs sur son visage. Même si les réponses à ses questions semblèrent froides, elle nota dans un coin de sa tête qu'il n'était pas fermé au dialogue, ce qui était une très bonne chose.

— Pourquoi penses-tu donc que tu n'as pas ton mot à dire ?

— C'est une évidence. Si tu fais le moindre écart, tu finis en prison.

— Tu n'aimes pas les règles ?

— C'est stupide de se créer des barrières au lieu de vivre pleinement sa vie.

— Pourtant c'est grâce à ces règles que les individus peuvent vivre leur vie sans que cela soit la loi du plus fort, qu'en penses-tu ?

— Ce sont les plus forts qui posent les lois pour brimer les plus faibles.

— Dis-moi, tu te considères où dans ton échelle sociale ?

Aussitôt, Dan la fusilla du regard, lui montrant clairement qu'il s'agissait d'un sujet sensible, dont il refusait de parler. Il ne voulait pas le reconnaître, mais au fond de lui, il savait qu'il appartenait à la catégorie des faibles. L'admettre faisait très mal. La psychiatre préféra changer de sujet pour aujourd'hui. Elle n'ignorait pas qu'il faudrait du temps à Dan afin de s'ouvrir aux autres. La séance dura trois quarts d'heure pendant lesquelles, elle apprit tout de même des choses sur le brun, dont sa passion pour le dessin. Elle décela même des étincelles de plaisir dans son regard quand il en avait parlé. Cela lui donna une piste de travail pour les prochains rendez-vous.

*

L'adolescent dut patienter encore une journée, avant de pouvoir enfin sortir de la cellule de sevrage. Il apprécia grandement le vent frais sur son visage durant le court trajet de sa prison au bâtiment principal du centre. Pour la première fois, depuis son arrivée, il prit le temps de regarder les lieux. L'impression qu'il ressentit au fond de son être était différente, même si son objectif restait toujours le même, de fuir dans le but de retrouver ses amis. En pénétrant dans la bâtisse, il croisa d'autres jeunes qui descendaient pour le petit-déjeuner. Dan prit place comme tout le monde autour de la table. Le premier repas de la journée se passa dans le plus grand calme. Juste avant la fin, Luc prit la parole afin d'annoncer qu'il voulait l'ensemble des résidents dans le salon à neuf heures pour la répartition du travail.

En attendant la réunion, Dan en profita pour retourner dans sa chambre. Rien n'avait bougé depuis son départ en sevrage, hormis la découverte sur son bureau, une pochette de dessin et des crayons. Il se demandait bien qui avait pu lui déposer, et fit rapidement le rapprochement avec la psy. Il ne put s'empêcher de sourire. Prenant le matériel, il s'installa sur le lit et se mit à croquer jusqu'à ce que l'un des éducateurs vint le chercher. Il s'assit dans le salon un peu en retrait, ne voulant pas se mélanger avec les autres.

— Bien, aujourd'hui, Dan fait son retour au sein du groupe. Tu intégreras celui qui s'occupe des chevaux. Cet après-midi, Yvana et Letti seront de sortie en ville pour les courses de la semaine.

Luc répéta les consignes qui régissaient le centre. C'était un rituel pour les rappeler au bon souvenir des plus anciens et permettre de les connaître pour les nouveaux. Une fois la réunion terminée, tout le monde rejoignit son équipe attitrée. Elles n'étaient jamais fixes et les jeunes étaient mélangés tous les jours.

Joshua fournit à Dan l'équipement qui lui servirait pour la matinée. Les chaussures montantes de sécurité étaient légèrement trop grandes, mais l'adolescent apprécia largement leur confort. Cela lui changeait de sa vieille paire de baskets dont les semelles battaient de l'aile.

— Dis-moi Dan, tu as déjà approché des chevaux ? demanda l'éducateur

— Non, il n'y en a pas en ville aux dernières nouvelles.

— Il faut y aller en douceur. On va les sortir de leur box

pour nettoyer ces derniers. J'espère que tu n'as pas peur de te salir.

L'adolescent lança un regard noir à Joshua. Il n'aimait pas qu'on le prenne pour une chochotte. En arrivant à l'écurie, il remarqua qu'il faisait partie du même groupe que Matthew, le mec à qui il devait son séjour en désintox. Pour lui, c'était ce type le responsable de son calvaire de ces derniers jours. Il allait peut-être avoir l'occasion de lui rendre la monnaie de sa pièce. Il décida pour le début de faire profil bas, il voulait se venger, mais aussi filer loin de là. Mais pour cela, il devait bien reconnaître les lieux. La matinée se passa plutôt tranquillement, l'éducateur prit le temps de lui expliquer comment fonctionnait une écurie. Le brun trouva les chevaux si magnifiques, qu'il eut envie de les croquer sur le papier.

Vers onze heures, la moitié des box était récurée. Joshua les invita à aller se changer afin de se mettre à table et de profiter d'une pause en attendant le repas. Dan saisit l'occasion pour se rendre dans sa chambre et prendre le nécessaire à dessin resté sur son lit avant de manger avec tout le monde. Il prit place près de l'enclos et commença à ébaucher les chevaux qui broutaient paisiblement à proximité.

Il ne remarqua pas Luc qui l'observait depuis le palier du bâtiment principal. L'adulte nota dans un coin de sa tête les nombreux changements dans le comportement de l'adolescent. Le chemin pour la guérison totale et la réinsertion serait long, mais il voyait bien les efforts de ce dernier. Il n'avait pas encore envoyé le moindre rapport au juge et il savait que celui-ci allait bientôt se rappeler à son bon souvenir, d'autant plus que deux de ses pensionnaires arrivaient, quant à eux, à la fin du programme. Matthew et

Camille devaient retourner à leur nouvelle vie d'ici une quinzaine de jours. Il fut interrompu dans ses réflexions par Peter qui annonça le début du déjeuner.

L'après-midi se passa de la même manière que le matin. Dan ne put mettre sa vengeance en action, ayant toujours un adulte pas loin de lui. Il pesta une fois seul dans son antre. Luc avait dû donner des instructions pour ne pas le laisser sans surveillance. Il allait finir par se croire réellement en prison, enfin c'était tout comme. Alors qu'il reprenait son dessin commencé durant la pause de midi, il eut une drôle d'impression. Celle d'être espionné. Il chercha du regard dans sa chambre, mais ne trouva rien de louche. Il opta à effectuer une fouille plus poussée. Dan se mit à vider les meubles, mais aussi à déplacer ces derniers, faisant tout un remue-ménage qui attira aussitôt les éducateurs.

— On peut savoir ce que tu fabriques ? demanda Peter en entrant le premier.

— Dan, qu'est-ce qu'il se passe ? enchaîna Joshua.

— Ils sont là et ils espionnent ce que je fais. Je dois trouver les caméras.

— Il n'y a aucune caméra, répondit le palefrenier.

— Que tout le monde sorte, intervint Luc. Allez chercher Isabel, immédiatement.

Joshua appela aussitôt la médecin qui arriva dans les dix minutes. Luc, quant à lui, c'était enfermé dans la chambre avec Dan, tentant de comprendre ce qui n'allait pas. Il ne souhaitait pas que l'adolescent fût plus en colère et ne se blessa par mégarde.

— Je les ai entendus, ils voulaient que je retourne au point de rendez-vous.

— Qui as-tu entendu Dan ? demanda Isabel qui venait d'entrer dans la pièce.

— Yann et Cody.

— Dan, tes amis sont très loin d'ici. Tu ne peux pas les entendre.

— J'en suis sûr, pourtant.

— Écoute, on va chercher avec toi et on va te montrer qu'il n'y a pas de caméra, de micro ou même d'enceinte dans ta chambre. Est-ce que tu es d'accord ?

— Non, vous allez les faire fuir.

— Tu penses qu'ils sont là ?

— Ils se planquent.

— Dan, même s'ils se cachaient, on les verrait. Personne n'est sorti d'ici.

L'adolescent sembla réfléchir quelques instants avant de se redresser et de regarder de façon étrange les deux adultes.

— Est-ce que tu es avec nous, Dan ? demanda la Psychiatre.

— Qu'est-ce que vous faites dans ma chambre ?

— Tu ne te rappelles pas ce qu'il vient de se passer ?

— J'étais en train de dessiner et vous êtes là. Pourquoi est-elle dans cet état ?

— J'aimerais que tu viennes avec moi, s'il te plaît. Quand tu reviendras, elle sera de nouveau rangée.

Le garçon, d'abord réticent, accepta finalement de suivre

Isabel jusqu'à son bureau de consultation. Elle laissa aux soins de Luc de remettre tout en place. Pendant plus de quarante-cinq minutes, elle posa de nombreuses questions à Dan et lui demanda de répondre à un test qui selon lui ne voulait rien dire. À la fin de l'entrevue, elle lui donna un rendez-vous pour le lendemain après-midi. Comme elle lui avait promis, sa chambre était à nouveau rangée. Son corps ressentit une soudaine fatigue et ne protesta pas pour se coucher.

*

Pour la psychiatre et l'éducateur, la soirée était loin d'être finie. Ils profitaient souvent que les adolescents fussent enfin couchés pour convier tout le personnel afin de faire le point sur chacun des gamins. Ils démarrèrent la réunion par les deux qui étaient sur le départ du centre et enchaînèrent avec les autres, passant ceux qui avaient le plus de difficultés en dernier.

— Il ne reste plus que Dan. Comment s'est passée sa première journée dans les activités ? demanda Luc.

— Il n'y a rien à redire. Il a effectué les tâches sans se plaindre. Il fallait juste le faire revenir à la réalité par moments.

— C'est-à-dire ? s'enquit Isabel.

— Des absences récurrentes. Il commence quelque chose, puis au bout de quelques minutes, il devient statique et le regard semble vide. J'ai mis cela sur le compte des effets secondaires possibles du manque de drogue dans son organisme.

— Cela aurait pu être le cas s'il n'y avait pas eu la crise de paranoïa dans la soirée.

— Tu as peut-être déjà un diagnostic ?

— Je lui ai fait passer des tests et je dois encore les analyser. J'aurais la confirmation dans la journée. D'après ce que j'ai entendu et de ce que j'ai pu voir de mes propres yeux, je pense qu'il souffre de schizophrénie. Je ferai une recherche dès demain pour essayer de trouver le dossier de ses parents. Peut-être que l'un des deux souffrait de cette pathologie. De plus, si c'est bien le cas, avec sa prise de drogue, son état s'aggravera.

— De quelle sorte ? Violence ? Plus de paranoïa ? demanda Peter.

— Une personne schizophrène a son esprit torturé par de nombreuses idées délirantes, mais aussi d'hallucinations, d'absence d'expressions ou même d'émotions, des problèmes de concentration et d'autres symptômes. La liste peut être longue. Il faudra me rapporter le plus petit changement de comportement ou toute chose qui vous paraîtra étrange.

— Tu prévois quoi, du coup ?

— Une thérapie adaptée et poussée pour éviter la moindre rechute et un traitement médical qu'il devra suivre à vie. Cela ne se guérit pas, mais avec ces deux méthodes combinées, il pourra vivre une vie à peu près normale.

— En ce qui concerne la mort de son ami, penses-tu qu'il est préférable de différer l'annonce pour le moment ? demanda Luc.

— Je recommande qu'on lui cache l'information pour au moins un mois. Le traitement médical ne fera effet pas dans l'immédiat et la thérapie n'aura pas forcément de résultat tout de suite. Durant cette période, il sera une bombe à retardement.

—Je vois. Je vais donc adapter son planning pour commencer.

— Vu qu'il aime le dessin et qu'il arrive à rester concentré dessus, tu pourrais peut-être le mettre dans le groupe qui doit se charger de repeindre le garage.

— C'est une possibilité.

Luc mit rapidement fin à la réunion afin que chacun puisse se reposer un minimum. Il s'attarda après le départ de tout le monde, réfléchissant au cas de Dan. Cela faisait maintenant plusieurs semaines qu'il était avec eux et il en savait énormément sur l'adolescent. Chaque fois qu'il découvrait une nouvelle horreur à laquelle ce dernier fut confronté, cela renforça sa volonté de l'aider encore plus.

*

Le lendemain matin, personne ne s'exprima sur l'incident de la veille dans la chambre de l'adolescent. Les jeunes qui avaient entendu le remue-ménage n'osèrent pas regarder Dan et encore moins lui parler. Le comportement des autres ne le gêna en aucun point et il mangea tranquillement, ne se consacrant uniquement qu'à son bol. Comme convenu entre les éducateurs, il intégra un nouveau groupe pour s'occuper de colorer le bâtiment qui servait de garage pour les véhicules. L'exercice, en soi, était relativement simple et ne demandait pas forcément des dons en dessin. Dan s'équipa comme tout le monde et choisit l'un des seaux de peinture avant de se rendre dans un coin à l'écart de la bande. Il trouvait que le reste était trop bruyant. Il devait profiter de se trouver à l'extérieur pour observer les alentours, cherchant toujours une solution pour sa fuite. Il en avait rêvé une fraction de la nuit.

De son côté Luc remarqua bien le manège de Dan et cela le chiffonnait un peu. Il préférait qu'il allât vers les autres afin de se sociabiliser un minimum. Il finirait par dénicher une nouvelle méthode pour que le garçon s'intégrât dans les différents groupes. Cela faisait partie des objectifs que chaque jeune devait atteindre avant la sortie définitive du centre. Il choisit après quelques instants de réflexion d'envoyer Samy vers la zone où se trouvait Dan dans le but qu'ils travaillèrent en binôme. Pour lui, Samy était la meilleure solution. Cet homme de bientôt dix-huit ans était l'un des plus sociables des adolescents présents dans l'institut actuellement. Les autres discutaient avec lui sans aucune difficulté, d'une façon si naturelle, que l'on aurait pu croire qu'ils étaient amis de longue date.

Samy s'approcha lentement de Dan. Témoin à l'arrivée du jeune de la violence dont ce dernier était capable, il ne souhaitait pas subir ces foudres. Il accepta toutefois la demande de l'éducateur, faisant confiance en celui-ci pour ces choix. Le garçon se mit à peindre à quelques mètres de son coéquipier, lui jetant de temps à autre des regards furtifs. Dan remarqua son manège et essaya du mieux qu'il put de l'ignorer, tout en s'éloignant de l'adolescent qui envahissait son espace vital.

Au loin le tonnerre se fit entendre, annonçant la venue prochaine d'un orage. Luc observa un moment le ciel, tentant d'estimer la marge de manœuvre avant de devoir remballer le matériel. Les nuages noirs et menaçants se situaient encore de l'autre côté de la cluse. Ils leur restaient, tout au plus, trois bonnes heures. C'était au moins l'un des avantages de se trouver dans une vallée, il fallait quelques heures aux mauvais temps pour arriver par le nord. Le changement de météo était fréquent en cette période de l'année, l'automne prenait de plus en plus sa place. Retournant à son travail, il donna quelques conseils à son équipe afin que la mise en couleur fût propre. Alors qu'il montrait à Camille comment tenir le pinceau, il fut interrompu par des éclats de voix qui provenaient de l'arrière du garage, où se situaient Dan et Samy. Il laissa aussitôt l'adolescente seule et se dirigea vers le lieu du grabuge. Il resta stupéfait quelques secondes en voyant un pot de peinture voler dans les airs. Samy évita de peu le seau de Dan.

— Qu'est-ce qu'il se passe ? demanda Luc en essayant de s'interposer.

— C'est Dan, il croit que je souhaite le détrousser. J'ai tenté de lui expliquer que l'on devait travailler ensemble, mais il refuse et d'un coup il m'a agressé.

— Tu n'es qu'un sale menteur. Tu veux me prendre mes dessins.

— Personne ne va t'enlever quoi que ce soit, Dan. Calme-toi ! Samy, rejoins les autres et rangez le matériel avant de retourner dans le salon en attendant que j'arrive.

Samy regarda quelques instants son assaillant avant de finalement obéir aux directives. Luc se retrouva seul avec le brun qui respirait d'une façon saccadée. Ses gestes étaient plutôt désordonnés, signifiant à l'adulte que le plus jeune faisait actuellement une crise de schizophrénie. Il devait dans l'immédiat le mettre en sécurité que cela soit physiquement que psychologiquement. Ce n'était pas le premier à souffrir de cette pathologie qu'il avait en charge, pourtant cela ne rendait pas les choses d'autant plus faciles. Il resta à une distance de sûreté, ne désirant pas empiéter dans la zone de confort de l'adolescent. Autour d'eux le temps devint de plus en plus menaçant, ce qui n'arrangeait pas leurs affaires.

— Dan, Samy est parti. Il ne te fera aucun mal. Il n'y a plus que nous deux.

— Non, ce n'est pas vrai. Vous mentez !

— Regarde par toi-même.

Dan ne voulait rien savoir, et encore moins écouter un mot de plus de l'éducateur. Son cœur battait à tout rompre, augmentant l'angoisse de l'adolescent. De la sueur commença à perler sur son front, sa respiration devint de plus en plus irrégulière. Un coup de tonnerre plus fort que les autres le fit sursauter. Au loin, il entendit des voix s'élever et se rapprocher de lui. Il vit l'adulte faire quelques pas vers lui et, dans un mouvement de panique, lui envoya le pinceau qu'il tenait entre les mains.

Luc évita sans problème le projectile et tenta de maîtriser l'adolescent. Ce dernier, doté d'une sacrée poigne provoquée par sa crise, repoussa assez violemment l'adulte dont le dos percuta le mur du garage, le sonnant quelques instants. Dan écarquilla les yeux en voyant l'éducateur s'écrouler à terre et il se mit à courir en direction de la forêt qui se situait à gauche de l'enclos. Il ne voulait plus qu'une chose, fuir tout cela.

VII

L'orage grondait désormais sur la zone du centre et la pluie tombait tel un rideau qu'on ne voyait pas plus loin que le bout de son nez. Dan courait à perdre haleine, toujours tout droit, sans se retourner. Il ne savait même pas où il allait. La peur le prenait aux tripes. Au-dessus de lui, les éclairs zébraient le ciel sans une pause, et le tonnerre ressemblait à un roulement qui ne se stoppait pas, augmentant considérablement cette sensation de frayeur. Et encore, le mot était faible. Il ressentait au plus profond de lui, une effroyable terreur. Il n'avait pas voulu faire de mal à l'éducateur, ce n'était pas ce qu'il avait souhaité. Mais cette voix dans sa tête n'arrêtait pas de lui dire que Luc allait le tuer.

Il tentait dorénavant de fuir ce son qui continuait de le harceler en continu. Dans ses yeux, on pouvait lire une grande frayeur. Les larmes s'y échappaient et se mélangeaient à la pluie qui tombait toujours plus fort. Les éléments semblaient aussi déchaînés que son état émotionnel. Des branches, qu'il percutait, lui lacéraient les vêtements et la peau du visage et des mains. Cela ne l'arrêta pas pour autant.

Son pied droit se posa sur une racine et dérapa. Il n'arrivait pas à organiser ses idées pour coordonner ses mouvements afin de pouvoir se rattraper. Dan s'étala de tout son long. Une violente douleur lui vrilla la cheville et lui arracha un cri. Se redressant légèrement, il mit ses mains sur la zone endolorie. La foudre s'abattit à une centaine de mètres de lui, le faisant hurler de peur. Il n'allait pas vivre longtemps à ce rythme. Il devait se trouver un abri rapidement, un endroit pour se sentir en sécurité, mais il n'arrivait pas à réfléchir correctement. Dan était perdu au milieu de nulle part, en plein déchaînement climatique.

*

Luc mit quelques secondes avant de se relever. L'impact l'avait légèrement sonné. Une fois sur ses jambes, il ne perdit pas un instant et retourna dans le bâtiment central où tout le monde s'était réuni, arrêtant les activités extérieures.

— Peter, je vais avoir besoin de toi, tout de suite. Prépare les sacs.

— Où est Dan ? demanda Isabel qui entrait dans le salon au même moment.

— Il nous a pété un câble et s'est enfui.

— Le pauvre doit être complètement paniqué. Je viens avec vous, lança la psy.

— Non, j'ai besoin de toi ici. Il pourrait très bien revenir de lui-même.

— Luc, s'il fait une crise de schizophrénie, vous ne pourrez sûrement pas l'approcher. Il va falloir y aller tout en douceur.

— Ne t'en fais pas. Je ferais le plus attention possible. On se tient au courant par TSF. En attendant, occupe-toi de

Samy. Dan a eu une altercation avec lui.

— Je m'en charge.

Peter avait ramené les sacs à dos dans lesquels se trouvaient les kits de secours, mais aussi les radios qu'ils allumèrent. Ils enfilèrent chacun une veste imperméable et sortirent pour rechercher l'adolescent. Ils prirent la direction qu'avait empruntée, un quart d'heure plus tôt maintenant, Dan. Ils avaient deux heures pour le dénicher avant d'appliquer le protocole mis en place depuis des années et qui consistait à appeler la police. La région restait dangereuse, surtout avec la présence d'ours et de loups. De plus il existait de nombreux ravins et avec un temps comme celui-ci, il était facile de faire une chute mortelle. Bien évidemment, Luc ne voulait pas qu'il arrivât malheur à l'adolescent et il était prêt à mettre tous les moyens en œuvre pour le retrouver, même s'il y passait la nuit.

*

Dan se releva péniblement et tenta de reprendre sa route. Il essaya de se repérer, mais ne savait pas du tout où il se trouvait et quelle direction choisir. Il était perdu et n'avait qu'une envie, regagner sa chambre au centre. La pluie continuait d'augmenter en intensité et le vent ne faiblissait pas. Il avait l'impression que le temps était contre lui et voulait aussi lui nuire. Dan était persuadé que personne n'irait à sa recherche. Il n'allait manquer à personne. La chute et les quelques minutes à terre lui avaient permis de reprendre légèrement ses esprits. Il recommença sa marche, malgré la douleur vive qui lui vrillait la cheville. Il avança avec grande difficulté, traînant plus ou moins sa jambe et s'appuyant aux troncs. Combien de kilomètres avait-il parcourus ? Combien lui en restait-il ? Les arbres aux trois quarts effeuillés lui donnaient une vision d'épouvante. Il ne savait pas si cela était vraiment réel ou bien cela venait de sa tête. Le chemin devint de plus en plus obscur devant lui et se rétrécit. Dan peina à suivre le sentier. La fatigue le gagna, il eut soudain envie de poser son corps afin de dormir. Pourtant, il reconnaissait qu'il ne le pouvait pas et surtout ne le devait pas.

Soudain son pied gauche se retrouva dans le vide. Dan perdit l'équilibre. Un cri déchira l'air dans la forêt, faisant concurrence au tonnerre.

*

Luc et Peter avançaient péniblement malgré leur expérience de la zone. Ils suivaient des empreintes de pas enfoncés sur plusieurs centimètres dans la boue et les feuilles. Ils firent une halte en remarquant de grands sillons au sol.

— Il a dû chuter, commenta Peter. Il est fort possible qu'il soit blessé, il traîne sa jambe droite à partir de là.

— Il ne doit donc plus être loin dans ces cas-là, confirma Luc.

Cela faisait maintenant un peu plus d'une heure qu'ils poursuivaient Dan, dans des conditions assez difficiles. Ils avaient tout de même pensé retrouver l'adolescent plus tôt, vu qu'ils avaient réagi assez rapidement.

— Il a vraiment choisi son moment pour s'enfuir, celui-là, intervint Peter.

— Dis-toi que la pluie l'aura sûrement empêché d'aller plus vite.

Au même moment, ils entendirent un hurlement qui les figea sur place quelques instants. Puis aussitôt, ils coururent dans la direction d'où provenait le bruit, suivant de ce fait, les traces laissées par le garçon.

— Ralentis, Peter, il y a un ravin pas loin.

— Tu crois que... ?

— C'est fort possible.

Ils finirent par s'arrêter au bord du précipice où la terre semblait avoir été retournée. Luc se mit en position pour observer en contrebas. Il lui fallut quelques instants avant d'identifier une masse humaine couchée une dizaine de mètres plus bas.

— Ça y est, je le vois. Dan ! Est-ce que tu m'entends ? Dan ! cria Luc pour se faire comprendre par le garçon.

— On ne va pas pouvoir le sortir comme cela. La zone est trop escarpée.

— Les secours mettraient trop de temps. Il nous faut le quad avec la civière, ainsi qu'Alexia.

— Je vais en avoir pour deux heures au moins.

— Je vais descendre en attendant. Il y a un peu de place sur la corniche à côté de lui. Il doit être inconscient, car il ne bouge pas. Je vais envoyer un message radio dès que je l'aurais examiné.

— Je t'aide à le rejoindre et j'y vais.

Les deux hommes sortirent les cordes des sacs, ainsi que les baudriers afin que Luc puisse descendre en rappel. Par chance, la pluie commença à s'atténuer un peu et l'orage sembla enfin s'éloigner. Les deux cordes furent passées autour d'un arbre assez solide. Il fallut à l'éducateur principal dix bonnes minutes pour rallier l'adolescent toujours inerte. Il posa ses pieds précautionneusement sur la corniche pour tester sa stabilité. Une fois complètement installé dessus, il défit le mousqueton et s'approcha du blessé. Il ne voyait pas son visage qui se trouvait contre le sol. Il n'y avait pas de signe apparent d'hémorragie externe, mais il n'en était pas sûr pour ce qui concernait ses organes.

— Dan, est-ce que tu m'entends ? C'est moi, Luc.

Il remarqua les doigts remuer légèrement.

— Écoute, je vais te retourner délicatement afin que tu puisses mieux respirer. Mais avant tout, je vais t'installer un collier cervical. Si tu m'as compris, serre les phalanges de ta main droite.

Il fallut quelques instants avant de voir les doigts de Dan enfin se plier. Luc passa lentement et avec toutes les précautions réalisables, la minerve autour du cou de l'adolescent. Sa mise en place fut difficile en raison de la posture du corps. Une fois qu'il eut fini, il se positionna, comme il l'avait appris en formation afin de retourner en bougeant le moins possible l'accidenté. Il n'avait pas beaucoup de marge de manœuvre. Il réussit toutefois à l'installer sur le dos. La pluie nettoya rapidement les traces de boue. Il chercha d'éventuelles blessures graves visibles et fut soulagé en ne constatant que des égratignures et des brûlures dues à la chute.

— As-tu mal quelque part ?

— Mon pied droit, murmura Dan. Et mon crâne.

— Peter va aller en quête des secours.

— Ne me laisse pas, sanglota l'adolescent tout en s'accrochant à l'adulte.

— Je ne bouge pas de là. Je resterai avec toi, jusqu'à l'arrivée des secours. Peter et Alexia, dit-il en ouvrant la radio, Dan est conscient. Il souffre de douleur à la tête et au pied droit. Il tremble, sûrement en raison d'une hypothermie.

— Lui as-tu posé un collier ? demanda la médecin.

— Oui. Je vais le recouvrir d'une couverture de survie. Il faudrait le quad avec le brancard. La camionnette ne passera pas. Peter va vous rejoindre en chemin. On se trouve le long du sentier qui mène au plateau. Je dirais à une dizaine de kilomètres du centre.

— Joshua et moi-même nous mettons en route.

— Merci, terminé.

Luc raccrocha la radio à sa ceinture, couvrit comme il put l'adolescent et tenta par la même occasion de le couper de l'humidité du sol. Au bout de dix minutes, la pluie s'arrêta enfin. L'éducateur se chargea de tenir éveillé Dan. Ce dernier claquait toujours des dents et son envie de sommeil était de plus en plus forte.

— Je vais finir en prison ? demanda-t-il soudainement.

— Et pourquoi irais-tu là-bas ?

— Je n'ai pas respecté les règles. Mais je t'assure que je ne désirais pas te faire de mal, répondit-il d'une voix chevrotante par l'angoisse et le froid.

— Je le sais très bien. Pour le moment, on va déjà te sortir de là, te ramener pour te soigner et ensuite on verra ce que l'on fera.

— J'ai envie de m'en sortir, mais ils refusent, confia Dan.

— Qui ne veut pas ?

— Les voix. Elles disent que tout ce que je fais est mauvais, que je suis un monstre.

— Et si je te révélai que tu es un gars bien et que tu n'es pas un monstre. C'est ce que les autres t'ont forcé à faire qui est horrible.

— Je ne voulais pas, mais ils m'obligeaient à tout prendre.

Luc regarda sans comprendre de quoi parlait Dan.

— Qui te forçait ?

— Mon père et ses potes. Mon paternel disait que je n'étais qu'un sale chien et ce que lui et ses amis me faisaient, c'était pour me dresser.

Un déclic se fit dans la tête de l'éducateur. L'adolescent ne se rendait pas compte qu'il était en train de révéler une partie de son passé, juste avant sa fugue. Il hésitait à le couper, le moment n'était peut-être pas le plus propice pour ce genre de confidences. Toutefois, en regardant plus attentivement Dan, il comprit qu'il avait déjà son esprit plongé dans ses souvenirs. Cela était possiblement dû au choc à la tête.

— Ma mère est morte dans un accident de la route. Elle m'avait protégé en m'enfermant dans ma chambre ou en m'envoyant chez des amis chaque fois que mon père buvait trop. Quand je la revoyais le lendemain, elle avait toujours du mal à marcher et des bleus partout. Elle me disait qu'elle était maladroite. Jusqu'à sa disparition, elle m'a défendu contre mon père.

Dan se tut un long moment, tentant de garder son calme et ses idées au clair. L'éducateur ne l'interrompit pas. Le garçon ignorait si ce dernier l'écoutait réellement, mais il s'en fichait. Sans savoir pourquoi, il avait besoin de faire sortir tout ce qui coinçait en lui et surtout ses démons. Pourtant, il détestait la personne qui était à côté de lui. Alors pourquoi était-il venu à son aide ? Tenter de trouver une réponse augmenta son mal de tête.

Luc remarqua la pâleur de plus en plus prononcée de l'adolescent, et les yeux qui se fermaient lentement. Ce n'était pas bon. En regardant sa montre, il vit qu'une demi-heure seulement s'était écoulée depuis l'appel radio. Pour arriver avec le quad, il fallait faire un léger détour en espérant que les chemins n'étaient pas trop encombrés par des branches.

— Reste avec moi Dan. Ne t'endors pas.

— J'ai de plus en plus froid et je suis si fatigué.

— Je l'imagine très bien, mais tu dois te montrer plus fort. Parle-moi du dessin. Je sais que tu aimes cet art.

— Pourquoi es-tu venu me chercher ? Je ne suis qu'une pute droguée.

— Ne dis plus jamais ça. Tu es Dan, un gosse à qui on a brisé son enfance, mais qui a des tas de valeurs, lui répondit Luc un peu plus sèchement que prévu. Je n'accepte pas que tu te dénigres.

— C'est pourtant ce que je suis. Mon père me le répétait tous les jours.

— Cesse d'écouter ses conneries et laisse-moi te montrer le Dan, super et bourré de qualité.

La réplique de l'éducateur fit rire quelques instants le gamin avant qu'une quinte de toux ne le prenne.

— Tu sais Dan, je n'étais pas si différent de toi. Moi aussi j'ai fait des choses, mais regarde ce que je suis devenu.

— Un putain de harceleur, mais qui a un beau cul, lui lança le garçon avec un sourire.

— Ta chute a vraiment eu un impact sur ton cerveau.

L'attente pour les deux hommes parut interminable. À plusieurs reprises, l'éducateur eut la frayeur en remarquant que Dan somnolait. À chaque fois, il lui posa une question pour le stimuler. Il vérifia à plusieurs reprises son pouls. Quand enfin, il entendit le quad qui se rapprochait, le soulagement augmenta en lui. Alexia descendit afin d'examiner le blessé pour juger s'il pouvait être remonté avec un simple harnais. Après plusieurs minutes, elle autorisa la procédure. Elle regagna la première les hauteurs pendant que Luc préparait Dan pour l'ascension. Il fixa le harnais du plus jeune au sien avant de lier les deux cordes qui allaient devoir supporter leur poids.

— C'est bientôt fini. Mais tu vas devoir m'aider. Il faut que tu te colles à moi et tu devras bouger le moins possible, expliqua Luc.

L'adolescent murmura son accord et l'éducateur se positionna face à la paroi. En haut, Joshua et Peter avaient terminé d'attacher le système qui leur permettrait de remonter les deux hommes. Lentement les corps se soulevèrent et Dan se retrouva coincé entre les jambes de Luc qui veilla à ce qu'ils ne se mirent pas à tourner et que leur dos ne cogna la roche. La manœuvre dura plusieurs minutes, pendant lesquels Dan tenta de ne pas montrer le moindre signe de douleur. Alexia seconda Luc pour coucher l'adolescent sur le sol où une couverture de survie fut posée. La médecin put ainsi lui placer une attelle sur sa cheville mutilée avant qu'il ne soit installé sur le brancard coquille. Ce dernier avait été fixé sur une remorque avec l'aide des éducateurs pour permettre au centre de ramener un blessé d'une zone difficile d'accès vers les habitations afin que les secours puissent ensuite le prendre en charge plus facilement.

— Ça va secouer un peu, mais tu ne crains rien, expliqua Joshua qui termina de sangler l'accidenté. Luc et Peter seront à côté de toi.

— Ça va être long ? demanda Dan.

— Une bonne heure, lui répondit le palefrenier.

— Quand est-ce qu'on m'ôte le collier ? Cela me gêne.

— Pas tout de suite, Dan, intervint Alexia. Il te sera retiré à l'hôpital.

— L'hôpital ? Je ne veux pas y aller ! Répliqua Dan d'une voix paniquée.

— Reste calme Dan. Tu vas devoir passer des radios par mesure de sécurité, tenta de lui expliquer Alexia.

— Non, je ne veux pas y aller. Laissez-moi descendre.

— Ça suffit Dan, réagit Luc, qui stoppa le flot de paroles de l'adolescent. Tu vas t'y rendre et ton avis nous importe peu pour le moment. Tu n'as pas à t'inquiéter puisque je suivrai l'ambulance avec la voiture pour te ramener dès la fin des examens.

Le garçon finit par se calmer et le quad put enfin se mettre en route. Joshua essaya de prendre les chemins les moins scabreux pour ménager au maximum les passagers arrière. Dan garda les yeux ouverts tout le long du trajet et fixa le paysage insolite qui s'offrait au-dessus de sa tête. C'était bien la première fois, qu'il voyait les arbres sous cet angle, même si la position allongée et les ballottements n'avaient rien de confortable. Le bruit du moteur étant trop fort, personne ne conversa pour ne pas s'époumoner.

Quand ils furent enfin en vue du centre de réinsertion, ils aperçurent les gyrophares du véhicule de secours. Alexia se chargea de faire la transmission des informations, tandis que Luc alla chercher les papiers et la voiture pour suivre l'ambulance.

— Luc, attends ! interpella Isabel

— Qu'est-ce qu'il se passe ? demanda-t-il en se retournant vers la psychiatre.

— Je voudrais qu'une fois à l'hôpital, tu te rendes au service psychiatrique et que tu donnes ce courrier au docteur Sheffield. Je l'ai contacté et j'aimerais avoir son avis à propos de Dan.

— Je m'en occupe.

— Par contre s'il confirme ce que j'ai diagnostiqué, il ne rentrera pas dans l'immédiat.

— Il n'est déjà pas chaud pour y aller, je vais éviter de lui annoncer qu'il risque de jouer les prolongations. On fera ce qui est nécessaire.

— Merci.

Luc rangea la lettre dans son blouson et monta à bord de son 4x4. Il suivit l'ambulance jusqu'à l'hôpital désigné par les urgentistes au téléphone. Le trajet dura presque deux heures, gyrophares allumés. Tout le long de la route, l'éducateur avait espéré que l'adolescent ne paniquait pas n'ayant pas eu le droit pour le moment au moindre calmant. Il savait qu'un secouriste était resté avec lui à l'arrière pour vérifier ces constantes et éviter qu'il ne s'endorme.

Dans le véhicule de secours, Dan s'était renfermé sur lui-même et refusait de répondre aux questions de l'adulte qui lui tenait compagnie. Il en voulait à Luc de l'avoir laissé seul dans l'ambulance. Il se sentait trahi alors qu'il s'était ouvert à ce dernier quelques heures auparavant. Même s'il savait qu'il suivait juste derrière, il ne pouvait pas s'empêcher d'avoir l'impression d'être abandonné à nouveau.

VIII

Aux urgences, Luc fut conduit dans une salle d'attente, le temps que Dan passe divers examens. Il en profita alors pour se rendre dans le service où il était attendu. En circulant dans les couloirs, il ne put qu'adhérer au refus de l'adolescent d'y aller. Ces endroits manquaient cruellement de chaleur humaine et les odeurs de désinfectant et autres prenaient vite au nez. Les murs étaient vides de vie, étant uniquement recouverts de peinture blanche ou verte. Il s'était toujours demandé comment les gens faisaient pour ne pas déprimer. Pour lui, les parois grises d'une prison semblaient plus chaleureuses.

Il finit par trouver le secteur psychiatrique en s'arrêtant devant une porte qu'on ne pouvait pas franchir sans autorisation et être accompagné par un professionnel du service. Il se dirigea vers le secrétariat à l'entrée du couloir et tendit le courrier. Quelques instants plus tard, un homme sur la cinquantaine l'accueillit et le conduisit à son bureau.

—Je connais bien Isabel. Elle a travaillé quelques années chez nous. Elle était très appréciée par les patients, avec la gentillesse dont elle faisait preuve.

— Je reconnais bien sa façon d'être au quotidien. Elle aide énormément les adolescents qui sont dans notre institut. Certains ont fait, grâce à elle, des progrès fulgurants.

— Parlez-moi un peu de Dan. Je compte le voir en consultation une fois ses examens terminés.

Luc raconta les circonstances qui ont conduit le garçon dans son centre de réinsertion jusqu'auxdernières révélations. Il tenta de n'omettre aucun détail voulant absolument mettre toutes les chances du côté du plus jeune afin qu'il s'en sorte une bonne fois pour toutes. Le psychiatre écouta attentivement, prenant par moments quelques notes. Quand ils eurent fini d'échanger, l'éducateur repartit patienter les résultats de Dan dans la salle d'attente.

*

— Tu m'as attendu ? interrogea Dan en voyant Luc pénétrer dans la chambre qu'on lui avait affectée.

— Je te l'avais promis avant de partir que je demeurai avec toi.

— On va pouvoir rentrer alors. Je n'ai rien de grave à part une entorse à ma cheville.

— Dan, il faut que l'on parle. Enfin plutôt moi j'ai quelque chose à t'annoncer et il faut que tu sois attentif à ce que je te dis.

— Quoi ? Non, mais je ne veux pas rester. Je dois réintégrer le centre.

— Pour un qui désirait s'enfuir, maintenant tu souhaites y retourner absolument. Mais avant sois à l'écoute.

— Ne m'abandonne pas, se mit à sangloter l'adolescent.

— Si au moins tu me laissais t'expliquer les choses, soupira Luc.

Dan se tut, mais il avait du mal à retenir sa détresse.

— Tu sais que tout ce que tu as consommé avant que je te fasse suivre la cure n'a pas été sans conséquence ?

— Je vais bien maintenant.

— Non, Dan. Tu ne vas pas mieux. Enfin, pas assez pour pouvoir te projeter sereinement dans le futur. Isabel a diagnostiqué un possible trouble dû à toutes ces drogues. Ce problème ne peut pas te permettre de vivre correctement ta vie. Tu as besoin de soin. Et pour cela, il te faut des gens compétents dans ce domaine.

— Mais Isabel, elle peut s'en occuper, répondit Dan d'un air suppliant.

— Pas au début. Un docteur va venir te voir. Il fait le même métier qu'Isabel. Il va t'écouter et te poser des questions. Son but est de t'aider comme nous tous au centre. Il se peut que tu doives séjourner à l'hôpital un peu plus longtemps, mais tout cela dans le but de revenir à l'institut de façon plus tranquille pour toi.

— Non, je refuse. Je veux rentrer. Ne m'abandonne pas.

Dan se mit à sangloter et à se balancer d'avant en arrière.

— Calme-toi, s'il te plaît. Je désire t'aider à retrouver une vie stable. Mais pour cela, il se peut que cela se passe en restant ici quelque temps.

L'adolescent n'assimilait pas en quoi cela allait vraiment lui être utile de se faire enfermer dans un hôpital. Il se doutait bien dans quel service l'éducateur parlait et pour lui il ne pouvait concevoir cette option. Cela sonnait à ses oreilles comme un isolement, le traitant ni plus ni moins comme un aliéné. Il n'était pas fou, les autres ne le comprenaient pas, ils ne savaient pas ce qui se passait réellement dans sa tête. Ce qu'il ressentait, ce qu'il voyait, était pourtant bien authentique. Alors pourquoi Luc lui parlait d'être interné dans un service psychiatrique ?

Il connaissait très bien ce genre de lieu. Une fois que tu y rentrais, il était très difficile d'en ressortir avant plusieurs semaines, voire quelques années. Il avait déjà fait un séjour ici, peu de temps avant le décès de sa mère. Il ne voulait pas y retourner pour se faire abrutir de médicaments. Il refusait de devenir un être sans aucune réaction, complètement docile. Ce n'était pas lui, ça. Il s'apprêtait une nouvelle fois à supplier l'éducateur, mais un homme dans la cinquantaine entra dans la pièce.

— Bonjour, Dan, je suis le docteur Sheffield. J'ai appris que tu avais eu un accident aujourd'hui. Comment te sens-tu maintenant ?

L'adolescent regarda d'un œil méfiant le médecin qui se présentait à lui. C'était sûrement le psychiatre qui allait l'interner. Il en était persuadé. Il refusait de lui parler, car il savait qu'il signerait son hospitalisation.

— Je pense, Monsieur Spencer, qu'il serait préférable que vous attendiez à l'extérieur pour le moment.

— Non, je ne veux pas qu'il parte, lança Dan.

— Nous devons discuter tous les deux, jeune homme. À moins que tu sois prêt à converser ouvertement devant ton éducateur.

Les paroles du spécialiste firent mouche et il se renfrogna. Luc se leva et quitta la chambre pour patienter dans le couloir. Il allait en profiter pour appeler le centre, vérifier que tout allait bien.

De l'autre côté de la porte, l'adulte faisait face au mutisme du garçon qui préférait regarder par la fenêtre.

— J'aimerais savoir ce qui s'est passé ce matin pendant tes travaux de peinture.

Dan ne répondit pas à la question et opta pour continuer son observation.

— Je n'ai pas besoin que tu me parles aujourd'hui. Nous aurons tout le temps durant ton séjour ici.

— Vous n'avez pas le droit de me garder prisonnier.

— À l'heure actuelle, tu n'es pas majeur et tu dépends uniquement des choix du centre. Ta psychiatre là-bas m'a demandé une évaluation et pour cela tu devras rester quelques semaines. Les événements de ce jour montrent que tu es un danger pour toi-même. Il est donc de mon devoir de te protéger et de trouver une solution pour que tu puisses mener une vie normale dans quelques mois.

— Je ne ressortirai jamais d'ici.

— Mais si. Notre but n'est pas de te garder indéfiniment. Mais pour le moment c'est ce dont tu as le plus besoin.

— Je refuse.

— Des aides-soignants vont venir te chercher comme tu ne peux pas te déplacer sur ta cheville. Dans un premier temps, tu vas te reposer pour récupérer. Tu as subi un choc physique et émotionnel. Je vais prévenir Monsieur Spencer.

— Est-ce que je peux le voir ?

— Il n'est pas préférable.

— Mais je veux le voir !

— Tes pics de colère ne te mèneront à rien. Tu n'es pas le premier et encore moins le dernier.

Le médecin quitta la chambre sous les injures de l'adolescent qui ne décolérait pas du choix qu'on lui imposait. Quelques minutes plus tard, une femme et deux hommes arrivèrent dans la pièce. Dan n'avait pas pu tenter la moindre évasion, les cachets qu'on lui avait donnés rendaient son corps moins réactif et il avait eu peur de se faire encore plus mal avec sa cheville. Pour autant, il ne se laissa pas faire docilement. Le personnel opta pour le sangler sur le brancard afin de l'emmener jusqu'à sa nouvelle chambre dans le service psychiatrique. Pour ces aides-soignants, ce n'était pas le premier à se comporter de la sorte. Ils avaient l'habitude. Les gens venaient rarement de leur propre chef.

*

Luc semblait avoir pris vingt ans en quelques heures. Il avait eu du mal à laisser Dan partir pour la psychiatrie. Pourtant ce n'était pas une première pour l'un de ses pensionnaires. Mais cette fois tout semblait si différent.

— Salut, Luc, comment va notre fugueur ?

— Pas terrible, Nathan, mais je pense qu'il a compris son erreur. Par contre, on ne le reverra pas avant un moment.

— Comment cela se fait-il ?

— Il a été accepté en psychiatrie.

— Ah merde, cela n'arrange pas nos affaires.

— Pourquoi ?

— J'ai besoin de lui poser quelques questions. Est-ce qu'il peut recevoir des visites ?

— Pas pour l'instant. Mais vu que c'est pour l'enquête, tu peux toujours demander. Je t'envoie par message les coordonnées. Évite seulement de le brusquer. Tu n'obtiendrais rien de sa part.

— Ne me dis pas que tu t'es attaché à ce type.

— Ne raconte pas n'importe quoi, c'est un de mes pensionnaires et c'est tout.

— Si tu le dis, répondit Nathan après quelques instants de silence. Je te tiens au courant si on a pu le voir.

— Pas de problème. À plus tard.

Luc raccrocha et ne put s'empêcher de soupirer tout en fermant les yeux. C'était bien la première fois qu'il s'en faisait autant pour l'un de ses pensionnaires. Il ne pouvait plus le nier. Même Nathan l'avait remarqué. Ce n'était pas pour autant qu'il éprouvait quelque chose de particulier. Il avait juste envie de le protéger encore plus que les autres.

L'éducateur se dirigea vers son véhicule et quitta rapidement le parking de l'hôpital. Il n'avait plus qu'une hâte, rentrer au ranch et s'occuper des autres pensionnaires. Il laissait Dan entre de bonnes mains. Il n'arrêtait pas de se le répéter comme une litanie.

*

Cela faisait maintenant vingt-quatre heures que Dan se retrouvait dans le service des fous, comme il aimait l'appeler. Les surveillants venaient le détacher uniquement pour sa toilette et ses besoins. Il était nourri par perfusion et recevait aussi son traitement de la même manière. Il avait tout refusé en bloc et avait tenté de quitter sa chambre. La première nuit pour lui fut éprouvante autant physiquement que psychologiquement. Sa porte devait rester ouverte en permanence et il entendit le moindre bruit. Le soir, il s'agissait de hurlement de patients désireux de partir d'ici comme lui. Alors il apercevait les surveillants se diriger vers la chambre à problèmes et, de là, des cris retentissaient, de quoi effrayer les morts.

Dan tremblait de peur à chaque fois et des larmes coulaient en continu. Il se sentait abandonné et perdu. Jamais il n'allait survivre dans cet enfer. Son esprit était tourné vers une seule et même personne, Luc. Il se sentait trahi par la seule personne en qui il avait fini par céder sa confiance. Elle était peut-être légère et timide, mais il avait fait ce premier pas. Il avait voulu croire qu'il n'y avait pas que des salopards dans ce monde de pourriture.

*

Une semaine s'était désormais passée depuis le début de son internement. Cela faisait trois jours qu'il pouvait enfin se déplacer. Les médecins avaient autorisé son détachement. Pourtant il ne quittait que rarement la chambre et restait assis de longues heures dans un coin de la pièce à même le sol. Le garçon touchait au repas uniquement pour éviter qu'on le gavât comme une oie. Ses traitements devaient se prendre sous la surveillance de l'infirmière, qui vérifiait qu'il ne cachait pas les cachets sous sa langue ou au fond de sa bouche. C'était vraiment dégradant pour lui. Il n'arrivait plus à tenir tête et son corps donnait l'impression d'appartenir à quelqu'un d'autre. Il n'avait eu aucune nouvelle des éducateurs du centre, surtout de Luc. Ce dernier l'avait purement et simplement abandonné à son sort. Un sentiment de désespoir le rongeait de l'intérieur.

Alors qu'il fut une nouvelle fois prostré dans l'angle de mur, l'un des médecins qui le suivaient pénétra dans son champ de vision. Il entendit plus qu'il ne vit la porte de sa chambre être refermée.

— Bonjour Dan. Je suis le docteur Mayers, se présenta la psychiatre avec sa voix douce. Je suis venue te voir, car tu refuses toujours de passer à mon bureau pour qu'on puisse discuter ensemble.

L'adolescent continua de fixer un point invisible devant lui sans daigner répondre à la professionnelle.

— Tu sais que cela ne joue pas en ta faveur. Je croyais que tu voulais partir rapidement d'ici, d'après les dires du docteur Sheffield. Je suis là pour t'aider, mais sans participation de ta part je n'y arriverai pas. Est-ce que tu comprends ce que j'essaye de te dire ?

Dan releva lentement la tête jusqu'à croiser le regard de la médecin. Il remarqua alors que la femme qui se tenait devant lui avait les mêmes cheveux que sa mère. Ce simple constat lui fit couler les larmes.

— Je sais que c'est difficile pour toi Dan en ce moment. Mais je t'assure que toutes les personnes présentes dans ce service désirent t'aider.

La psychiatre laissa le garçon pleurer, patientant tranquillement qu'il se calme légèrement pour reprendre la discussion. Le comité de travail avait décidé de lui confier l'adolescent afin de pouvoir enfin débuter une thérapie. Il fallut au jeune près d'un quart d'heure avant que les larmes ne se tarissent. La femme lui fit un geste pour l'inviter à se relever. Un peu réticent, Dan accepta tout de même et se retrouva sur ses deux jambes. Le tableau de la main du garçon dans celle de l'adulte aurait pu paraître étrange dans d'autres circonstances. Mais ici, c'était un signe de confiance fréquent.

— On va sortir de ta chambre et se rendre dans mon bureau. Qu'en penses-tu ?

Dan hocha légèrement la tête en signe de consentement. Il ne parlait toujours pas et il n'était pas sûr d'avoir encore de la voix. Une semaine à vivre dans un état muet avait dû fragiliser ses cordes vocales. Le trajet se fit dans le plus grand silence entre les deux individus. L'adolescent ne quittait pas du regard la coiffure de la médecin qui ondulait tout en marchant. Dan s'arrêta sur le pas de la porte comme si un mur invisible l'empêchait d'aller plus loin. Cela ne déstabilisa pas la femme qui se retourna pour lui faire face avec un sourire chaleureux.

— Entre donc. Je ne fermerai pas la porte. Ce sera à toi de le faire si tu te sens assez rassuré. Tu as le droit de visiter cet endroit qui est mon sanctuaire.

Dans la tête du garçon se jouait un véritable duel entre écouter ce que proposait la doc' de la tête et fuir pour s'enfermer dans sa chambre ; seul endroit qui lui paraissait encore le plus sûr. Finalement il fit un pas, puis un autre. Il prit le temps de regarder tout autour de lui, détaillant dans son esprit chaque objet qu'il voyait. Il remarqua sur la droite une table ronde couleur hêtre. Sur le dessus traînaient des crayons éparpillés après avoir été vidés d'une trousse, ainsi qu'un bloc à dessin.

Les yeux de Dan s'illuminèrent aussitôt et sans demander l'avis de la psy, il se dirigea vers son nouvel objectif. Prenant place, il ouvrit le carnet vierge de toute trace de stylo, puis saisit un portemine après s'être assuré qu'il n'y avait pas de fusain. Il esquissa rapidement sur l'ensemble de la page ce qui venait en tête. Il ne tenait pas compte de la présence de la spécialiste qui s'était rapprochée afin de voir ce que pouvait bien dessiner son patient. Cette dernière fut subjuguée par la finesse du détail en seulement quelques coups de crayon. Il ne possédait pourtant pas de support pour croquer les chevaux. Elle se demandait bien d'où lui venait cette envie de reproduire des équidés qui broutait l'herbe à l'intérieur d'un enclos. Constatant le calme et la sérénité surtout sur son visage, elle décida de laisser Dan concentrer sur son œuvre pour le moment.

Ses collègues la considéraient comme la psychiatre la plus humaine du service en raison de sa patience à toute épreuve et de sa voix chaleureuse. Elle s'installa à son propre bureau afin de réétudier le dossier du garçon. La femme cherchait des réponses à ses questions. Elle avait vu inscrite dans un rapport sa passion pour le dessin et d'une façon volontaire, elle avait posé le matériel pour que ce dernier le remarquât en pénétrant dans son cabinet. Elle voulait utiliser l'art pour réaliser sa thérapie. Pour elle, il s'agissait d'une première, mais elle était persuadée de réussir à faire quelque chose avec Dan.

Pendant presque trente minutes, l'adolescent croqua les chevaux sur le carnet. Il ne s'arrêta qu'une fois qu'il fut satisfait de son esquisse. Il releva la tête et chercha quelques instants la femme. Il alla vers elle avec son expression artistique.

— Est-ce que je peux le garder ?

— Mais bien évidemment. C'est toi qui l'as dessiné, il t'appartient. Souhaites-tu que l'on parle de ce que tu as représenté ?

— C'est juste des chevaux.

— Tu as trouvé où ces chevaux ?

— Au centre. Il y en a plein.

— Tu t'en occupes ?

— J'ai nettoyé leur box. Joshua dit que c'est nécessaire pour que cela ne sente pas mauvais et que les animaux n'attrapent pas de maladie.

— Il a l'air d'en connaître des choses sur ces équidés.

— C'est lui l'éducateur responsable de l'écurie.

— Je vois. Et il y a d'autres éducateurs ?

Dan se mit à énumérer le prénom et la spécialité de chaque adulte du centre. Il cita en dernier Luc, mais ne précisa pas son poste. La psychiatre ne préféra pas rentrer dans les détails avec le fameux Luc. Elle avait lu dans le dossier qu'il était le directeur de l'institut, mais aussi le coupable de l'internement de l'adolescent. Elle se doutait qu'il devait y avoir une certaine rancœur. Ils échangèrent pendant presque une heure avant qu'elle ne raccompagnât le garçon jusqu'à sa chambre complètement épuisée.

Pour la première fois, depuis son entrée dans le service, Dan dormit d'un sommeil de plomb.

*

Les séances avec le docteur Mayers furent quotidiennes

durant les deux mois qui suivirent. Petit à petit, Dan commença à s'ouvrir sur son passé douloureux et sur ses quelques semaines au centre. Il n'avait toujours pas eu le droit à la moindre visite et l'intégration à des groupes se faisait avec difficulté pour l'instant. Mais la médecin ne perdait pas espoir. Elle avait fini par trouver le bon dosage médicamenteux après avoir pu confirmer la schizophrénie.

Hebdomadairement, elle envoyait un compte rendu à Luc pour lui montrer les progrès avec le traitement. L'art plastique y était pour beaucoup dans l'évolution des rapports de l'adolescent avec le monde extérieur. Ce qu'il n'arrivait pas à exprimer oralement, il le couchait sur le papier à l'aide de fusain, de pastel et même d'huile.

IX

Cela faisait deux mois que Dan était interné au centre psychiatrique. Il avait fait de grands progrès, même si le chemin était encore long. Le docteur Mayers décida que le moment était arrivé pour lui annoncer le décès de son ami Cody. Elle voulait préparer Dan à un interrogatoire de la part des policiers qui avaient fait le forcing ces dernières semaines pour venir parler au garçon. Si jusqu'à maintenant, elle avait réussi à les empêcher de le rencontrer, elle n'avait plus aucun moyen pour leur interdire la moindre visite. Bien évidemment, elle comptait rester près de son patient afin d'intervenir au moindre signe.

Pour Dan ce terrible coup du sort pour son ami de la rue le peina, mais ne l'affecta pas plus que cela, justifiant son manque de larme par la dure réalité de la rue. Toutefois, une fois seul dans sa chambre, il se laissa aller, pleurant ainsi un frère d'infortune qui n'avait pas eu la même chance que lui. Il se trouvait chanceux de n'avoir pas fini comme ce dernier, mais aurait tellement voulu qu'il s'en sorte. Son esprit se tourna vers Yann. La police ne l'avait pas attrapé apparemment et c'était peut-être pour cela qu'on allait l'interroger. Il ne savait pas quoi leur répondre, depuis le temps qu'il avait été sorti de la rue. Plus un seul contact depuis des mois avec quiconque de son ancienne vie. Au fond de lui, ça ne lui manquait pas. Il ne ressentait même plus le besoin d'aller coucher à gauche ou à droite pour de l'argent. Pour le moment, on subvenait à ses besoins primaires.

Le jeune homme n'était pas vraiment tenté non plus pour retourner faire le tapin. Maintenant qu'il avait goûté à d'autres choses, il ne voulait pas faire machine arrière. Certes il ne parlait pas de l'internement, mais il avait hâte de retourner au ranch. Il apprenait plein de nouveautés là-bas.

— Dan, Madame Mayers t'attend dans son bureau, l'informa l'un des infirmiers.

— J'arrive, soupira-t-il.

Il n'était pas motivé pour discuter avec des flics. Mais si cela lui permettait de pouvoir sortir rapidement d'ici, il était prêt à tout. Il tomba des nus en découvrant les deux inspecteurs en question.

— Ça alors, Arnold et Willy, lança-t-il de manière sacarstique.

— Bonjour Dan. Je vois que tu vas beaucoup mieux depuis notre dernière rencontre, lui répondit Nathan qui ignora la remarque.

— Viens t'asseoir, Dan. Ces messieurs sont là pour te poser quelques questions au sujet d'une enquête qu'il mène.

— Laquelle ? Celle au sujet de la mort de Cody ? Je doute fortement que vous remuiez ciel et terre pour un gosse de la rue.

— Pourtant sa mort concerne bien notre enquête. Nous sommes à la recherche de Yann, le dernier de ta bande encore en vie. Enfin on l'espère. C'est pour cela que nous avons quelques questions à te poser.

— Désolé pour vous, mais je ne sais pas où il se trouve. Vous avez toqué à la mauvaise porte.

— On se doute très bien que tu ne peux pas savoir où il est. Mais peut-être as-tu des idées ? Hormis Cody et toi, fréquentait-il d'autres personnes ?

— Je n'en sais rien. On n'était pas en couple. Il pouvait rencontrer qui il voulait.

— On l'a vu traîner souvent avec ce type, compléta Alec tout en tendant une photo.

Le sang de Dan se glaça. Ce visage, ce regard, oui il savait qui était cet homme. Sa vue lui fila la nausée qu'il retint avec peine.

— Apparemment, tu sembles le reconnaitre.

— Non, non, je ne le connais pas.

— Dan, ces gens sont là pour t'aider, intervint la psychiatre. Si tu sais quelque chose qui permettrait d'arrêter cet homme, tu dois leur dire. Il ne pourra pas te faire le moindre mal.

— Je vous dis que je ne le connais pas.

Dan se leva de sa chaise et quitta en claquant la porte la pièce. Il avait besoin d'être seul. Trop d'informations et de questions se bousculaient dans sa tête. Il avait laissé en plan les trois adultes qui n'avaient pas eu le temps de l'arrêter.

— Je crois, messieurs, que vous n'en tirerez rien de plus pour le moment. Il est préférable de laisser passer quelques jours avant de lui reposer la question.

— C'est dommage, car je suis persuadé qu'il le connait, commenta Alec. Son regard a changé de tout au tout quand il a vu la photo.

— Oui, mais le forcer maintenant risquerait de le faire plonger à nouveau dans une crise, messieurs. Je vous recontacterai dès qu'il se sentira prêt à parler. Je vous souhaite une bonne fin de journée.

La docteur Mayers reconduisit jusqu'à la sortie du service les deux inspecteurs leur promettant de les recontacter dès que Dan serait de nouveau en état pour discuter. Elle retourna ensuite à son bureau afin de consigner les derniers événements dans le dossier du garçon.

*

Dan fut étonné de ne voir personne débarquer dans sa chambre après avoir fui l'entretien de cette façon. Il ne regrettait en rien son geste. Ce flic lui en avait trop demandé. Oui cet homme, il le connaissait, même trop bien. Ses bras se resserrèrent autour de son corps. Ses mains se crispèrent sur sa peau, la griffant sauvagement. Il était assis dans un coin de sa chambre, les jambes repliées contre son torse.

Il se sentit soudainement sale, comme si les mains de ce type se posaient encore sur sa peau zébrée par les bleus qu'il recevait à l'époque. Cette fois, il ne peut plus retenir la vague nauséeuse qui le prend à la gorge. Il a juste le temps de se lever et de mettre la tête au-dessus de la cuvette des toilettes. Pendant plusieurs minutes, il rendit la bille. Dan sursauta en sentant un tissu humide sur son front qui écarta ses longues mèches.

— Calme-toi. Concentre-toi sur ta respiration. Inspire et expire profondément. Cela va se passer. Cet homme ne te fera plus le moindre mal. Il finira même par payer ce qu'il t'a fait subir.

C'était le docteur Mayers qui se tenait derrière lui. Il suivit ses conseils et réussit enfin à reprendre le contrôle de son corps. Les vomissements s'estompèrent enfin. La psychiatre n'avait pas bougé d'un pouce et essuyait le front du jeune homme. Elle l'aida à se redresser et le conduisit jusqu'à son lit.

— Repose-toi pour le moment. Une infirmière va venir avec des cachets à prendre. Ils t'aideront à dormir un peu.

— Je n'en veux pas.

— Dan, c'est pour ton bien. Tu as fait déjà beaucoup de progrès en deux mois. Ne retombe pas au tout début. Si tu ne veux pas du traitement, alors ouvre-toi et parle-moi de ce qui s'est passé avec cet homme.

— Il ne s'est absolument rien passé, cracha Dan tout en tournant le dos à la psychiatre.

— Très bien comme tu veux. Tu viens de choisir.

Dan se retrouva seul à nouveau, dans ses réflexions.

*

Il fallut plusieurs jours à Dan avant de finalement se décider à parler. Ses nuits avaient été plus qu'agitées, malgré la prise de somnifères. Il se retrouvait maintenant dans le bureau de Madame Mayers et chacun avait pris sa place habituelle. Le jeune homme inspira profondément à plusieurs reprises avant de finalement se lancer.

— *Quand ma mère était encore vivante, tout le monde était heureux à la maison. Enfin c'était ce que mes parents tentaient de laisser paraitre. On partait à chaque vacance, on fêtait Noël. Mais un jour, elle n'est jamais rentrée. Elle a eu un accident et elle est morte sur le coup. Mon père s'est renfermé sur lui du jour au lendemain. Il m'a reproché son décès, car c'était de ma faute si elle s'était dépêchée pour venir me chercher avec le verglas sur la route. Elle devait m'emmener au basket comme tous les jeudis soir, mais une réunion l'avait retenu plus longtemps.*

Peu après l'enterrement, il a commencé à boire et à rentrer très tard, voire pas du tout pendant plusieurs jours où plusieurs semaines. Un jour, il est revenu avec un de ses collègues de boulot. Tous les deux avaient énormément bu. Moi, j'étais dans ma chambre, comme à chaque fois qu'il était saoul, afin de ne pas le croiser. J'ai entendu des pas monter l'escalier et s'arrêter devant ma porte. Je fis celui qui dormait. Je me disais que peut-être, il m'oublierait et qu'il retournerait en bas

Dan marqua une pause. Il serra encore plus ses bras autour de ses jambes, comme pour se protéger de la suite. Sa respiration commença à se faire plus difficile. La psychiatre ne bougeait pas et continuait de l'écouter. Les mains de Dan n'étaient plus que des poings.

— *La porte s'est ouverte et j'ai entendu deux rires. L'un appartenait à mon père, l'autre, je ne savais pas à qui à ce moment-là. J'ai perçu un bruit de verre. Ils avaient chacun une bouteille à la main. Je ne bougeais toujours pas. Ma couverture s'est levée et a fini plus loin par terre. Je me suis redressé aussitôt puis plaqué contre la tête de mon lit. J'avais peur, très peur. Il a posé sa bouteille par terre. Il m'a saisi les* chevilles en me disant de me tenir tranquille et de ne pas bouger. J'étais tellement terrifié que je ne pouvais pas bouger. Ses mains ont commencé à se poser sur mon corps. Il a arraché mon tee-shirt et il a baissé mon pantalon. Je me suis retrouvé nu devant eux. Ils riaient devant ce spectacle. Je ne pouvais pas me cacher. Je pleurais, mais ils n'en avaient que faire.

Son collègue s'est à son tour assis sur mon lit et a saisi mon sexe. Il le serrait tellement fort que je criais de douleur. Lui regardait en se gossant. Il s'est relevé le temps d'enlever son pantalon et son boxer. Il a pris ma tête et il l'a dirigé vers son sexe. Il m'a fait ouvrir la bouche et m'a menacé de me briser les os si jamais j'osais le mordre. J'avais tellement peur que j'aie obéi, tout en pleurant. L'autre m'a retourné et m'a mis à genoux.

Je n'ai pas eu le temps de comprendre ce qui se passait qu'une douleur violente m'a déchiré de part en part. J'ai hurlé, son sexe dans la bouche et je ne me rappelle plus de la suite. Je venais d'avoir treize ans. Je me rappelle encore de cette douleur qui est restée plusieurs jours, des draps tachés de sang, de mon corps souillé.

La voix de Dan était éteinte et dénuée du moindre sentiment. Pourtant on pouvait entendre comme des sanglots dans le fond de sa gorge.

— Régulièrement, il est revenu avec des collègues et à chaque fois, j'y passais. Il a fini par me traîner au salon pour m'exposer comme une bête de foire. Petit à petit, j'ai commencé à emmagasiner de la haine envers lui. Puis le jour de mes 14 ans, il s'est ramené avec la bande au grand complet. Ce soir-là, j'ai serré les dents. Ils y sont tous passés. Ils étaient une dizaine à s'y être mis. Mon corps ne ressentait même plus *la douleur. Quand ils se sont tous effondrés complètement ivres, je me suis traîné jusqu'à ma chambre. Je ne l'avais pas entendu me suivre. Il a essayé de me sauter dessus. Il a essayé d'entrer son sexe complètement mou en moi et il n'y arrivait pas et à ce moment, je me suis mis à rire devant cette scène pitoyable. Je l'ai mis en colère et il a commencé à me rouer de coups. Cela l'excitait du coup.*

Tandis que je me débattais pour le fuir, j'ai senti ma main saisir quelque chose. C'était une batte. Alors j'ai mis mes dernières forces dans mon bras et j'ai frappé. Il est tombé inerte sur moi. Je l'ai repoussé, je me suis habillé et j'ai quitté la maison. Je ne sais pas s'il est mort et je n'en ai rien à foutre si je l'ai tué. Je me suis retrouvé dans la rue et j'ai erré jusqu'au bas-fond où j'ai rencontré Yann. Il m'a recueilli dans sa piaule alors qu'il ne me connaissait pas. Il est super cool comme gars. Un peu con des fois, mais vraiment trop cool. Il m'a soigné.

Puis on a rencontré Cody. Tous les trois, on faisait en sorte d'avoir de l'argent pour s'en sortir. On jouait à pierre-feuille-ciseaux pour voir qui allait faire le tapin le soir. J'avais trouvé une petite chambre sympa pour faire mon business. À côté, il y avait un type qui nous refilait de temps en temps des seringues. Alors, avec les amis, on se les partageait. On riait, on s'amusait. On n'avait plus personne pour nous marcher dessus. Quand c'était mon tour de faire le tapin, je m'arrangeais toujours pour me taper des mecs qui voulaient se faire dominer et je me défoulais sur eux. Le pire, c'est que certains en redemandaient.

Sans vraiment en comprendre les raisons, parler enfin de tout ce qu'il avait caché pendant des années sembla lui apporter une légèreté au fond de lui. Mais il avait peur. Peur de lever les yeux et de lire le dégoût dans le regard de la psychiatre. Il n'entendait plus le bruit du crayon sur le papier depuis un moment. Grimaçait-elle ? Allait-elle le traiter comme les autres ? Allait-elle le dire à Luc ? Le fait que ce dernier puisse être mis au courant l'effraya. Il ne savait pas pourquoi, mais il ne voulait pas que celui-ci connaisse la vérité.

— L'homme que la police recherche faisait-il partie des amis de ton père ?

— Oui, murmura Dan après plusieurs minutes de silence.

— Tu sais, afin qu'il soit condamné, tu dois être prêt à témoigner.

— Je.. Je ne peux pas.

— De quoi as-tu peur ?

— Que mon père me retrouve.

— Tu crois que ton père aura encore une quelconque autorité sur toi ?

— Je ne sais pas.

Dan ne levait toujours pas les yeux. Il était recroquevillé sur lui comme si son corps lui servait de barrière.

— Tu sais Dan, je ne suis qu'un médecin, mais ton père est responsable de ce qu'il t'est arrivé. Jamais il ne pourra récupérer ta garde. Sans compter que tu seras majeur d'ici peu de temps. Moi et les deux inspecteurs sommes là pour te protéger. Personne ne pourra plus te faire le moindre mal. C'est pour cela que tu suis le programme de la deuxième chance de monsieur Spencer.

— On ne m'a pas vraiment laissé le choix.

— De ce que tu m'as raconté lors de nos premières séances, c'est toi qui as décidé de tenter cette voix au lieu de la prison. Donc, au final, personne ne t'a mis le couteau sous la gorge.

Il fallut une bonne heure de discussion entre la psychiatre et Dan avant que ce dernier ne finisse par accepter de raconter à nouveau les faits aux deux inspecteurs. Ceux-ci vinrent le lendemain à la première heure et durant une partie de la matinée, ils écoutèrent et posèrent aussi tout un tas de questions au garçon.

*

Pour Alec et Nathan, si l'affaire se complexisait avec le récit de Dan, certaines pièces du puzzle étaient enfin ensemble et la piste s'éclairait mieux.

— Jamais je n'aurais imaginé ça une seule minute, commenta Nathan tout en démarrant le véhicule.

— Personnellement, ça me fout la gerbe. Ce qu'a fait son père est une abomination.

— Du calme, Alec. T'énerver contre la boite à gants ne résoudra pas le problème. Dire qu'il ne se rend même pas compte que son père continuait jusqu'à son arrestation de l'exploiter.

— Attends que je mette la main sur cet enfoiré.

— Il va déjà falloir qu'on le retrouve. Je te rappelle qu'il a disparu depuis presque un an.

— S'il dirige un trafic, il ne doit pas être loin. Il nous suffit de creuser du côté des indics. C'est vrai que l'on n'a jamais exploré cette piste. Dépose-moi à l'endroit habituel. Je vais aller fouiner par là.

— Dans cette tenue ?

— J'ai toujours une tenue dans le coffre. Je vais me changer avant de pénétrer dans la zone d'enquête. Je sais être prudent tout de même.

— Il vaut mieux pour toi. Je ne voudrais pas à devoir identifier ton corps à la morgue. Quand nous en aurons fini avec cette sale affaire, je t'assure qu'on prendra de longues vacances loin de tout cela.

— Je vais donc redoubler d'efforts pour terminer tout ça dans ces cas-là.

Nathan s'arrêta au coin de la rue pour laisser son amant partir sur le terrain. Il retourna seul au commissariat. Il avait encore beaucoup de choses à consigner dans le dossier et il devait faire son rapport au grand patron. Pour l'instant, il avait convenu avec Alec de ne rien dire du témoignage de Dan à Luc. Ce dernier prenait trop à cœur cette histoire et surtout Nathan était persuadé que Luc avait des sentiments pour le jeune homme. Une partie de leur histoire respective était similaire. Luc n'était pas actuellement objectif.

X

Quelques semaines plus tard

— Alors Dan, comment te sens-tu aujourd'hui ? demanda la psychiatre.

— Impatient.

— Je peux le comprendre. Cela fait presque six mois que tu es arrivé ici. C'est donc la dernière fois que l'on se voit. Tu as parcouru un très long chemin, je suis très fière de toi.

— Merci. Je tenais à vous donner ceci, dit-il en tendant un papier blanc plié en deux.

La femme l'accepta et le remercia chaleureusement. En ouvrant la feuille, elle y découvrit son propre visage. Ce geste la toucha énormément.

— C'est la première fois qu'on me tire le portrait. Il est vraiment magnifique. Tu as un véritable don. En attendant l'arrivée de Monsieur Spencer, nous allons faire le bilan de ton séjour ici. Tu veux bien ?

— Oui.

La psychiatre relata tous les grands évènements depuis l'internement de Dan. Elle survola les points négatifs pour appuyer sur le positif. Ils discutèrent ainsi pendant près d'une heure.

Il était dix heures trente quand l'éducateur se présenta à l'entrée du service. Ce dernier fut conduit jusqu'au bureau du docteur Mayers. Ce fut la première fois que Luc pénétrait dans ce service et ce qu'il voyait le fit frissonner d'effroi. Il n'y avait pas de la maltraitance, oh non. Mais l'odeur des lieux et le comportement de certains patients lui remirent en question son choix d'avoir accepté l'internement de Dan. Pourtant s'il était là aujourd'hui c'était pour le ramener à l'institut, les spécialistes avaient enfin validé sa sortie. C'était plutôt bon signe pour l'adolescent, plus si adolescent que cela, car il avait passé ses dix-huit ans depuis un mois. Les pensionnaires du centre avaient décidé d'organiser une fête pour son retour et sa majorité. L'éducateur espérait que ce geste plairait au garçon.

En pénétrant dans le bureau de la psychiatre, il aperçut tout de suite Dan qui s'était levé et le regardait les yeux brillants et le sourire aux lèvres. De le voir ainsi lui enleva un poids invisible qui lui avait comprimé pendant presque six mois la cage thoracique. Il ne semblait pas lui en vouloir pour la situation vécue ou alors il cachait bien son jeu.

— Dan est-ce que tu pourrais attendre auprès d'Anny, le temps que je m'entretienne avec Monsieur Spencer ?

Le garçon parut légèrement déçu de devoir quitter la pièce pour laisser les deux professionnels discuter de lui.

Néanmoins il sortit tout en prenant son sac au passage. Il se dirigea jusqu'à la salle de la surveillante qui patientait. Il ne lui restait que quelques minutes à être ici.

*

Le grand air ! Sentir le vent sur sa peau lui avait terriblement manqué. Dan ferma les yeux et se laissa réchauffer le visage par les rayons du soleil. Pour le moment il n'avait pas adressé la parole à Luc. Il ne savait pas quoi lui dire. Beaucoup de choses avaient changé dans sa façon de penser depuis qu'il avait commencé sa thérapie en plus du traitement médicamenteux. Il lui en voulait encore un peu toutefois, mais il comprenait la décision de l'éducateur.

— Tu peux poser tes affaires sur les sièges à l'arrière. On va passer dans une pharmacie, puis nous irons manger un morceau.

— On ne rentre pas directement au centre ? s'inquiéta Dan.

— Tu es si pressé d'y retourner ?

— Non, pas du tout, répondit-il en détournant le regard.

La gêne n'échappa pas à Luc qui sourit avant de se concentrer sur la route. Il n'avait pas eu en charge si longtemps que cela le gamin, mais c'était bien la première fois que l'un d'eux lui manquait autant. Peut-être parce qu'il se voyait en lui.

L'adolescent porta son regard sur le paysage. La ville, l'odeur du macadam et le bruit de l'activité humaine lui avaient manqué. Ils roulèrent pendant plusieurs minutes pour arriver à la pharmacie. L'éducateur le fit patienter dans le véhicule le temps qu'il allait chercher les médicaments. Il avait décidé de suivre les recommandations de la psychiatre en montrant au jeune qu'on lui faisait désormais confiance pour se tenir à carreau. Si cela permettait de se développer dans le bon sens du terme alors il allait en user. Dan ne bougea pas d'un pouce, écoutant la musique qu'il redécouvrait après des mois de silence. Juste après une courte page de publicité, il redressa la tête vers l'autoradio aux premières notes de la mélodie. Il s'agissait de « The Road to Hell » de Chris Rea. Il fredonnait souvent cette chanson quand il mettait son casque pour ne pas entendre sa mère se faire battre. Même si les souvenirs étaient tristes, il adorait cet air qui lui permettait de voyager en fermant uniquement les yeux. Il se laisse submerger par les paroles, sa tête appuyée contre le dossier du siège. Ses doigts tapaient sur sa cuisse en rythme. Il était tellement dedans qu'il sursauta au moment où la porte du conducteur s'ouvrit sur Luc qui lui donna le sac de médicaments.

— Tu aimes Chris Rea ? demanda l'éducateur.

— Juste celle-là. C'est la seule que je connais.

— On doit avoir un album au centre. Tu pourras l'emprunter.

— Je n'en sais rien.

— Quand tu le voudras, tu sais où se trouve mon bureau. En attendant que souhaiterais-tu déjeuner ?

— Je peux vraiment choisir ? s'étonna Dan.

— Profites-en.

— Cela paraît louche, mais j'ai envie d'un bon burger.

Luc regarda interdit le garçon. Il lui laissait le choix pour au final sélectionner un simple sandwich.

— Si c'est ce que tu désires, alors soit.

— La dernière fois que j'en ai mangé un, je devrais avoir dix ans.

Ils se mirent en route à la recherche d'un restaurant à hamburger. Il lui fallut rouler trois bons quarts d'heure pour en trouver un qui sortait du lot en ne faisant pas partie des grandes chaînes internationales de fast-food et qui servait d'autres plats en plus des sandwichs chauds. Après s'être garé et avant de descendre du véhicule, il fit prendre à Dan son traitement. À l'intérieur de l'établissement, l'adulte demanda une table à l'écart du monde pour ne pas perturber l'adolescent. Cela faisait vraiment une éternité que lui-même n'était pas allé manger un bout en ville. Un serveur leur tendit à chacun une carte. Luc en profita pour commander un cola et une eau gazeuse pour commencer. Il remarqua le regard pétillant du garçon devant le choix qui s'offrait à lui.

— Je peux prendre ce que je veux ?

— C'est le but quand on est dans un restaurant.

— Je meurs de faim. Mais je ne sais pas quoi choisir, il y a tellement de choses dont j'ai envie.

— Tu as tout ton temps, on n'est pas non plus à la minute.

— J'ai trouvé, je prends un double mexicain. J'adore quand c'est épicé avec des frites.

— Heureusement qu'Alexia ne voit pas l'entorse que tu fais à ses prescriptions.

— Ce n'est pas comme si j'en avalais tous les jours.

— Tu as raison.

— Et toi, que manges-tu ?

— Suprême de volaille et du riz sauvage.

— Je ne connais pas. C'est bon ?

— C'est ce qu'il y a de meilleur dans la cuisine.

Le serveur revint avec les boissons et prit leur sélection de plats. Luc attendit le départ de l'homme pour continuer la conversation.

— Tu as beaucoup changé, commenta Luc.

— Comment ça ? l'interrogea Dan.

— Tu es beaucoup plus bavard qu'avant.

Le regard du garçon s'assombrit aussitôt.

— Ce n'est pas tout le temps comme ça. Le traitement m'aide à être plus calme et moins oppressé. Je n'entends presque plus les voix, murmura-t-il gêné par cette confession.

— Si tu te sens mieux, c'est le principal.

— Je... Je voulais m'excuser pour l'accident avant que je ne m'enfuie.

— Je t'arrête tout de suite. Il en faut plus pour me blesser et surtout tu n'étais pas dans ton état normal. Tout ce qui s'est passé avant ta sortie d'aujourd'hui ne compte pas. Tu n'as donc pas à te prendre la tête.

La discussion se tut quand le serveur apporta les plats. Dan fut ravi en réalisant la taille de son assiette. Le burger était vraiment énorme. Il croqua à pleines dents et laissa échapper un gémissement de délectation sortir de sa bouche en avalant la première portion.

— Ch'est trop bon, commenta-t-il.

— Je vois ça. Évite de parler la bouche pleine.

Les deux mangèrent sans entamer la moindre nouvelle conversation. Luc était heureux d'admirer le visage illuminé du garçon. Cela prouvait bien le changement qui s'était opéré ces derniers mois. Il allait enfin pouvoir l'intégrer correctement dans son programme. Pour le moment, le juge n'avait notifié aucune remarque depuis que l'éducateur avait envoyé un rapport annonçant l'internement du jeune.

À la fin du repas, ils reprirent la route. Luc jeta un œil à son téléphone. Il avait encore deux bonnes heures devant lui avant d'emprunter le chemin du retour vers l'institut. Tout le monde là-bas préparait la surprise. Il opta pour un tour au centre commercial à la sortie de la ville. Il fallait qu'il rhabillât un minimum Dan qui avait eu une poussée de croissance. Ce dernier se demanda ce qu'avait prévu son aîné, mais préféra ne pas poser la moindre question. Il voulait profiter de ce que l'éducateur lui offrait en heures de liberté.

La voiture fut laissée au niveau moins trois. Ils entrèrent ensuite dans l'ascenseur afin de remonter aux étages commerciaux.

— Tu as besoin de fringues ? interrogea Dan finalement quand ils pénétrèrent dans un magasin de vêtements.

— Moi, j'ai tout ce qu'il faut. Par contre, toi ce n'est pas le cas.

— T'es riche pour payer des habits à tous les jeunes ?

— Sache que l'État verse à l'institut une pension de prises en charge. On est tenu par les résultats de réussite.

— Je vois.

— On va t'acheter quatre jeans, six tee-shirts, des sous-vêtements, une paire de baskets et une veste.

— Tout ça pour moi ? C'est le paradis !

— Ne t'emballe pas, il s'agit du minimum. Ne compte pas avoir de la marque non plus.

Les deux hommes firent le tour des rayons sélectionnant au passage ce dont il était prévu d'acquérir. Pour Dan c'était juste le Nirvana. Il ne se rappelait plus de quand datait ce genre d'après-midi, mais cela lui faisait le plus grand bien. Il se sentait vivant. Même s'il savait que cela était possible uniquement grâce au traitement qu'il devait prendre, il s'en moquait totalement. Il voyait sous un autre jour l'éducateur qui était avec lui.

Après avoir réglé les achats, ils continuèrent à se promener dans la galerie marchande. Il n'y avait pas trop de monde étant donné que c'était la semaine. Dan s'arrêta devant une papeterie qui attira son attention. Dans la vitrine étaient exposés des pastels Faber, une marque de référence dans l'art plastique. Il avait toujours rêvé d'en posséder, seulement à l'époque où il vivait avec ses parents, cela n'avait jamais été possible. Peut-être qu'un jour il aurait les moyens d'en acquérir enfin.

— Je crois que tu n'as plus de bloc de dessin au centre. On va t'en racheter un.

Aussitôt le visage de l'adolescent s'illumina de plus belle. Ils pénétrèrent dans la caverne d'Ali Baba. Dan ne connaissait pas le magasin, mais arriva sans le moindre problème à trouver le rayon pour le papier et les toiles. Il prit le temps d'observer chaque type de feuille jusqu'à tomber sur le support idéal pour faire ses croquis. Il ne savait pas si Luc accepterait de lui acheter ce genre de feuilles qui n'était pas de premier prix. Il fut étonné de voir ce dernier lui saisir le bloc des mains et de se diriger sans un mot vers un autre étalage. Il le regarda choisir une boîte de fusains.

— Je crois que cette fois on a tout.

Les deux hommes retournèrent au parking moins trois. Chacun monta de son côté dans le véhicule. Aucun des deux n'avait parlé depuis le passage dans la papeterie. Alors que Luc attachait sa ceinture avant de mettre en route la voiture, il se retrouva avec les mains de Dan de part en part de son visage et sans pouvoir faire un geste, les lèvres du garçon se posèrent sur les siennes. L'échange ne dura que quelques secondes et Dan ne fit que presser sa bouche sans chercher à approfondir. Quand il y mit fin, l'éducateur ne sut pas pour la première comment réagir. Il lui fallut quelques instants pour recouvrir l'usage de la parole.

— Tu pourrais m'expliquer ce que c'était ça ? demanda-t-il légèrement perdu.

— C'était pour te remercier.

— Tu embrasses donc tous ceux que tu veux remercier ?

— Non seulement toi.

— Alors, ne recommence plus jamais. Si tu souhaites me remercier, fais-le en t'appliquant au centre.

— Ne me dis pas que tu es homophobe ? s'inquiéta Dan.

— Pas du tout. Je suis ton éducateur un point c'est tout.

— Je suis désolé. Cela ne se reproduira plus. Mais tu ne risques rien, vu que je suis majeur dorénavant.

— Ça ne change rien.

Un silence pesant s'installa entre les deux hommes qui

dura tout le long du trajet vers l'institut. Luc se sentait gêné par le geste de son protégé. La question et la peur qu'il vit dans son regard l'avaient peiné légèrement. En signalant son refus, il l'avait pris pour un homophobe, ce qui était le contraire de ce qu'il était. Pour Dan, il avait la sensation d'être perdu. En y réfléchissant, il ne savait pas ce qui lui était passé par la tête pour avoir fait cela. Cela avait été plus instinctif. Il avait plutôt bien aimé et c'était la première fois qu'il embrassait quelqu'un.

*

Le soulagement se fit ressentir quand ils arrivèrent au centre. Dan fut ravi d'être enfin à ce qui ressemblait à un chez-soi. Pas de barreau, la possibilité d'être dehors la journée. Pour lui c'était la liberté.

— Va déposer tes affaires dans ta chambre. C'est toujours la même, elle n'a pas changé. Ensuite tu pourras rejoindre tout le monde dans le salon.

— Merci d'avoir gardé ma chambre.

— C'est normal. Je te l'avais dit à ton arrivée.

En pénétrant dans l'institut, Dan fut surpris de découvrir les portes de la salle fermées à cette heure, mais ne s'en formalisa pas plus que cela. Il se pouvait qu'il y eût une séance avec Isabel. Il grimpa rapidement au premier étage et se dirigea sans le moindre souci jusqu'à son antre. En ouvrant l'entrée de celle-ci, il constata que rien n'avait changé comme lui avait dit l'éducateur. Il rangea les affaires dans l'armoire avant de redescendre. Le seul sac qu'il n'avait pas pu remonter était celui de sa pharmacie. Luc devait le donner à Alexia qui était chargée de lui administrer son traitement pour la schizophrénie.

Une fois devant, il remarqua qu'elles étaient toujours fermées. Il ne voyait aucun éducateur dans le coin et il n'entendait aucun bruit. Il se demandait vraiment où tout le monde était passé. Il patienta encore quelques minutes avant de finalement entrer dans la pièce commune.

— Bon retour parmi nous, s'écria une multitude de voix que Dan mit quelques instants à identifier. Devant lui se tenaient les adultes, ainsi que tous les pensionnaires sur centre. Sur le mur du fond, il y avait une banderole avec écrit dessus « Bon retour parmi nous ». Le garçon ne savait pas comment réagir. Plusieurs émotions se mélangeaient au fond de lui, la joie, mais aussi une angoisse qu'il n'arrivait pas à comprendre d'où elle pouvait venir. Il fut stoppé dans ses réflexions à vouloir tout analyser quand des mains se posèrent sur son épaule et qu'on lui fit des accolades. Il n'avait vraiment pas l'habitude de ce genre d'effusion de la part des autres et il se raidit aussitôt.

— On se calme les jeunes, intervint Isabel. Ne vous jetez pas sur Dan ainsi. Je vous ai pourtant expliqué que tout le monde n'apprécie pas ce type d'attouchement.

Dan souffla un bon coup quand enfin les gens s'écartèrent de lui, le laissant respirer. La psychiatre s'approcha de lui et l'invita à prendre place dans le salon. Il remarqua la grande table installée avec, dessus, plusieurs plateaux de petits fours en tout genre, ainsi que des boissons.

— Vous faites cela à tout le monde ? demanda-t-il ébahi.

— C'était un souhait du groupe quand ils ont compris ce qui n'allait pas. Chacun voulait te montrer son soutien. Et pour couronner le tout, tu viens d'avoir dix-huit ans. Cela était la bonne occasion.

— Ils sont au courant pour..., commença à supposer Dan tout en sentant la panique monter en lui, réalisant que des gens connaissaient sa maladie.

— Non, non, ne t'en fais pas. Suis-moi, je vais tout t'expliquer.

Isabel entraîna le garçon jusqu'à son bureau pour quelques minutes afin de s'isoler. Ils furent suivis de Luc qui voulait s'assurer que le jeune ne prendrait pas mal.

— Il faut que tu saches en ce qui concerne ta pathologie, personne hormis les encadrants du centre n'est au courant.

— Alors pourquoi parles-tu de soutien ?

— J'ai expliqué dans les grandes lignes à tout le monde le lendemain de ta chute. Il faut comprendre que de leur côté, ils ont eu peur. Tu t'en es pris à l'un d'entre eux, intervint Luc.

— Tu leur as dit quoi ?

— Tu étais passé par beaucoup de choses très difficiles et que tu avais un besoin d'aide extérieure pour t'en sortir, mais aussi de l'assistance de chacun d'entre eux.

Le soulagement de Dan se lut aussitôt sur son visage. Depuis qu'il avait pris conscience de sa maladie, il avait peur du jugement des autres et il n'arrivait pas à l'accepter complètement. Ils patientèrent quelques minutes avant de retourner finalement à la fête où l'ensemble des résidents de l'institut attendait pour commencer à manger.

Dan profita pleinement pour la première fois depuis des années de cette journée qui pour lui était tout simplement magique. Il reçut de la part des éducateurs un chevalet avec une plaque pour qu'il puisse poser ses feuilles de dessin.

L'objet avait été réalisé par Joshua et Peter. Il parla un peu avec certains jeunes tout en restant sur des sujets assez basiques. Pendant près de quatre heures, les discussions et les rires animèrent le centre. Luc mit fin à la soirée sur les coups de vingt-deux heures, et évoqua que le réveil ne se ferait pas plus tard le lendemain.

Dan emporta son cadeau dans sa chambre et patienta que son tour vienne pour se rendre à la douche. Le retour dans cette pièce lui rappela des souvenirs pas très agréables, mais réussit à faire fi de cela. Quand il fut enfin prêt à se coucher, il trouva sur son bureau un boîtier rond ainsi qu'un verre d'eau, sûrement déposé par la psychiatre. Il avala sans rechigner son traitement et s'allongea dans son lit. En regardant les murs de sa chambre, il se promit le lendemain de décorer un peu avec les dessins qu'il avait réalisés durant son internement. Sur ses pensées, il finit par s'endormir sereinement.

XI

Dan se leva bien avant tout le monde, excité à l'idée de passer sa première journée normale à l'institut. Il s'était pourtant réveillé souvent durant la nuit, vérifiant régulièrement qu'il était bien dans sa chambre au centre. Finalement, il avait dormi à peine trois heures, mais il s'en fichait. Le jeune adulte profita d'être pleinement réveillé pour repenser à ce qui s'était déroulé la veille dans la voiture. Il ne comprenait pas la réaction de Luc. Cependant, ce n'était pas la première fois qu'il remerciait quelqu'un en l'embrassant sur les lèvres. À écouter l'éducateur, cela était très mal. Décidément, les rapports avec les autres étaient vraiment compliqués. Il avait aimé tout de même le goût de la bouche de l'éducateur, une saveur caféinée. Il aurait bien souhaité prolonger l'échange, voir l'approfondir. Il finit par se lever et s'habiller avant de descendre au salon. Il n'était que six heures et le reste de l'institut n'allait pas tarder à se réveiller à son tour.

Dan fut étonné d'apercevoir de la lumière en provenance de la pièce commune. Cela ne l'empêcha pas d'entrer.

— Salut Dan ! l'interpella Joshua. Déjà debout ? Tu avais encore un peu le temps.

— Bonjour. J'arrivai plus à dormir, je préférai me lever.

— Un souci ?

— Non, non. Tout va bien.

— N'hésite pas si tu as besoin. Tu veux bien me donner un coup de main ? Je débarrasse notre petite soirée d'hier.

Le garçon hocha la tête et prit les plats sur la table pour les déposer à la cuisine où Loïc s'affairait aussi. À trois, il ne leur fallut qu'une demi-heure pour tout remettre en état. Personne ne parla durant le nettoyage, ne souhaitant pas réveiller par mégarde les autres résidents. Pour la première fois de sa vie, Dan était heureux de se sentir utile à autre chose que de devoir se prostituer pour ramener de l'argent.

— Bien, on a fini pile pour préparer le petit-déjeuner, annonça Loïc.

— Je peux regarder ? demanda Dan.

— Tu peux même aider. Tu sais faire des croissants ?

— Absolument pas. Mais je sais les manger.

— Je n'en doute pas une seconde. Alors, viens, je vais te montrer. C'est très simple, la pâte est prête de la veille.

Les deux hommes enfilèrent la tenue pour se mettre derrière les fourneaux. Le cuisinier sortit du frigo un saladier rectangulaire d'une taille assez imposante et retira le couvercle. Dedans il y avait une très grande boule. Dan suivit les instructions de l'éducateur et étala des pains de pâte pour découper des triangles en respectant le patron fourni. Il inséra ensuite un bâtonnet de chocolat et roula la pâte autour. Ils en préparèrent ainsi une vingtaine de dimensions raisonnables. Une fois le four à bonne température, les croissants furent déposés sur des plaques avant d'être enfournés. Le jeune adulte avait l'impression d'être un gamin qui pâtissait en famille.

Au moment où le petit-déjeuner fut enfin prêt, les résidents arrivèrent au compte-goutte et s'installèrent autour de la grande table.

*

L'appréhension se lisait clairement sur le visage de Dan. Bien qu'enthousiasmé à l'idée d'apprendre à monter à cheval, il ressentait la peur que l'animal ne l'aime pas et l'envoie valser dans le décor, risquant au passage de se casser un os. Mais l'excitation était toujours présente, depuis que Luc lui avait annoncé qu'il allait faire de l'équitation pour la matinée.

— Ne t'en fais pas Dan, on va commencer doucement. C'est ta première séance. Je vais t'enseigner déjà tout l'équipement d'un cheval, mais aussi les différentes parties de l'équidé. Il est très important que tu les connaisses afin que l'on échange plus vite sans entrer à chaque fois dans les explications, tenta de rassurer Joshua.

— Je n'ai jamais été doué pour retenir quoi que ce soit à l'école.

— Je suis persuadé que tu vas y arriver.

— On est que tous les deux ?

— Les autres savent déjà monter à cheval. Je n'ai pas besoin d'être sur leur dos.

L'éducateur palefrenier montra pendant près d'une heure

les termes que Dan se força à apprendre. Le garçon avait pu prendre son bloc à dessin afin de réaliser des croquis de tout ce que l'adulte lui disait. Pour lui, l'enseignement sembla plus facile avec cette méthode. Il représenta un équidé, utilisant les couleurs pour différencier chaque partie de l'anatomie de l'animal, la croupe en bleue, le garrot en vert, le dos en rouge. Sur une deuxième page, il esquissa le mors, la bride, la selle et les autres équipements qui recouvraient la bête, sans oublier la tenue obligatoire pour le cavalier.

Dan ne put s'empêcher de se trouver ridicule avec le casque et la coque à l'intérieur de la veste. Il jeta un œil sur le reste du groupe qui tournait dans le manège à l'extérieur. Tout le monde avait la même tenue que lui et ne semblait pas s'en formaliser.

—Je te présente Lady White. C'est une jeune jument de trois ans. Tu vas te mettre de ce côté-là pour monter. Jamais de l'autre côté. Tu t'agrippes au pommeau de la selle et ensuite tu glisses ton pied gauche dans l'étrier. Quand tu es sûr de toi, tu pousses sur ton pied et tu t'aides de tes mains pour soulever ton corps et passer ta jambe droite au-dessus du cheval et ainsi t'asseoir. Tu verras après une ou deux fois, cela se fera naturellement.

—Je ne suis pas convaincu.

Dan prit plusieurs longues inspirations comme lui avait appris la psychiatre de l'hôpital pour faciliter le contrôle de ses émotions et son stress. Doucement, il se positionna comme lui avait indiqué son mentor, puis, sans réfléchir plus longtemps, il appuya sur sa jambe et tira sur ses bras. Aussitôt, la jument bougea légèrement. Le jeune adulte sursauta quand il sentit deux mains sur son postérieur le propulser en l'air, l'aidant à s'installer sur le cheval.

— C'est très bien, Dan. Tu peux ouvrir les yeux, tu n'es pas tombé.

Lentement, il ouvrit un œil, puis l'autre. Ses mains étaient toujours agrippées fermement sur le pommeau et sa jambe droite pendait dans le vide. Il n'avait pas l'habitude de ce genre de sport et trouva la position inconfortable. Il lui fallut quelques minutes avant d'être un peu plus à l'aise.

— Surtout, ne montre jamais à l'animal que tu as peur. Il sera effrayé autant que toi. Maintenant, on va avancer. Tiens bien la bride. Si tu tires dessus, la jument s'arrêtera. Mais jamais d'un coup sec, toujours petit à petit. Si tu relâches la pression et que tu donnes un petit coup avec ton poignet tout en balançant ton corps vers l'avant, elle se mettra en marche. Tire d'un côté et elle tournera vers cette direction. Est-ce que c'est assez clair ?

— Je crois.

— Dis-toi que l'animal ressent tout ce que tu transmets en émotion.

— D'accord.

Joshua monta avec une grande facilité sur son propre cheval et se plaça à côté de Dan pour l'accompagner dans les premiers pas. Il lui montra comment mettre sa jument au pas. Si au début le jeune adulte resta tendu, il finit par se relâcher au fur et à mesure que la matinée avançait. Sa première leçon d'équitation prit fin comme tout le monde vers onze heures.

Après le déjeuner, Dan dut comme tous ceux de son groupe s'occuper de son destrier en le pansant. Lady White sembla apprécier l'attention du garçon. Ce dernier lui donna aussi une carotte quand il eut terminé de la brosser. Il n'eut pas le temps de souffler qu'il eut rendez-vous avec Isabel. C'était pour lui sa première séance depuis sa sortie.

Il lui raconta sa journée et son ressenti sur les vingt-quatre dernières heures. Au moment de quitter la salle de la psychiatre, il se retourna.

— Est-ce que tu sais si Luc est en colère contre moi ?

— Pourquoi me poses-tu la question ?

— C'est-à-dire, hier j'ai fait quelque chose qui ne lui a pas plu.

— Et tu penses qu'aujourd'hui, il t'en veut encore ?

— Oui.

— Tu devrais lui demander directement.

— Non, même pas en rêve. Je vais passer pour un con, s'exclama soudainement Dan en se redressant.

— Pourquoi passerais-tu pour un con ? Tu sais que c'est le dialogue qui permet d'avancer ?

— Oui je le sais très bien. Mais il va me prendre pour un gamin de cinq ans si je lui pose la question.

— Je ne le pense pas du tout. Pour lui cela voudra plutôt dire que tu t'inquiètes de le vexer.

— Tu ne peux pas comprendre. Il est fâché parce qu'hier je l'ai embrassé. Mais c'était juste pour le remercier.

— Je crois qu'il y a certaines choses qu'il va falloir que je t'explique Dan, pour t'éviter ce genre de problème à l'avenir. Tu sais, embrasser quelqu'un est un geste intime. On ne le fait pas avec tout le monde, mais uniquement avec la personne que l'on aime. C'est comme avoir une relation sexuelle. Je sais que tu n'as connu que la prostitution. Mais généralement les gens couchent ensemble parce qu'ils sont un couple.

— Je ne suis pas d'accord pour le dernier point, je peux te garantir que les hommes qui me sautaient étaient souvent mariés.

— Je me doute bien. Mais tout le monde n'est pas de ce cas-là. En tout cas, je pense que tu dois réapprendre tous ces codes qui font notre société. Et parles-en à Luc, je suis persuadé qu'il t'écoutera. Tu veux que je le fasse venir ici ?

— Non, non. J'en discuterai avec lui.

Dan se leva rapidement de son siège et quitta la pièce dont l'air était devenu trop oppressant pour lui. Comme il ne participait pas pour le moment à la thérapie de groupe, il monta dans sa chambre sans croiser personne et s'installa à son bureau pour dessiner un peu en attendant l'heure du rassemblement pour le dîner. Pendant tout le reste de la journée, les paroles de la psychiatre l'obnubilèrent qu'il ne fit pas attention à ce qu'il crayonnait. Il s'étonna du résultat quand il remarqua qu'il avait croqué l'éducateur. Ne voulant pas se faire choper, il planqua dans le fond de sa pochette le portrait.

XII

Trois mois s'étaient écoulés depuis le retour de Dan à l'institut. Il n'y avait pas eu un seul débordement de sa part et il suivait à la lettre toutes les consignes. Les relations s'étaient grandement améliorées avec l'ensemble des résidents. Il ne participait pas encore aux discussions avec les autres, hormis les groupes de travail, préférant souvent rester en retrait et dessiner. À plusieurs reprises le garçon avait réalisé des croquis de Luc. À chaque fois, il les cachait dans sa pochette, unique endroit qui n'était pas fouillé par les éducateurs. Il ne lui avait toujours pas parlé malgré les conseils de la psychiatre. Pourtant depuis ce baiser, certes superficiel, l'envie de recommencer le tenaillait de plus en plus.

Isabel lui avait tout expliqué sur les relations humaines et les sentiments. Il essayait de les interpréter par rapport à Luc. Dan ne pouvait pas nier qu'il se sentait étrange quand le plus âgé était trop proche de lui, ou même pendant les rendez-vous pour faire le point sur ses progrès. À chaque moment en tête à tête avec l'éducateur, il avait une envie irrésistible d'embrasser encore et toujours ces lèvres qui lui parlaient.

Pratiquement toutes les nuits, il se réveillait avec une érection qu'il soulageait en solitaire. Il ne savait plus quoi faire. Finalement la vie avant était beaucoup plus simple et sans prise de tête.

— Dan ? Dan ? Est-ce que tu es parmi nous ? entendit-il soudainement.

— Euh oui, oui, je suis là.

Les personnes présentes dans la salle ne purent retenir de rire devant la singularité de la scène. Le garçon ne s'était pas rendu compte qu'il était une fois encore parti dans ses pensées, tout cela à cause d'un éducateur qui ne voulait pas sortir de sa tête.

— Heureux de l'apprendre, lui répondit Luc. As-tu au moins écouté ce que j'ai dit durant les dix dernières minutes ?

— Non, désolé, dit-il en baissant le visage de gêne.

Luc soupira devant la nouvelle rêverie de Dan. Il avait bien remarqué que depuis quelques semaines, il avait de nouveau des absences. Isabel et Alexia lui avaient garanti pourtant qu'il prenait son traitement sans rechigner. Il allait devoir lui en parler rapidement pour pouvoir l'aider au mieux.

— Je disais donc que tu étais de cuisine avec Loïc et cet après-midi tu partiras en ville vu que ton comportement a été irréprochable ces dernières semaines.

L'éducateur aperçut une étincelle dans le regard du garçon. Il savait que c'était sa première sortie officielle hors du centre, même si ce moment était consacré aux courses pour les quinze prochains jours.

— Bien, maintenant que tout le monde connaît son affectation, rejoignez vos groupes. Dan, tu viens avec moi avant de commencer.

Étrangement ce dernier ne le sentait pas trop de devoir suivre Luc à son bureau. Il prit place sur le siège en face de l'éducateur.

— J'ai fait quelque chose de travers ? demanda-t-il sans plus attendre.

— Je ne pense pas. À toi de me le dire.

— Non, je respecte toutes les consignes et je n'ai pas provoqué la moindre bagarre.

— Est-ce que tu prends ton traitement correctement ?

— Oui, pourquoi ? se redressa-t-il sur son fauteuil.

— Depuis quelque temps, tu sembles t'égarer loin de nous. Ce n'est pas un mal, je te rassure, mais s'il y a quelque chose qui ne va pas, il ne faut pas que tu le gardes pour toi. Le dialogue est source de réussite.

— Je le sais. Tout le monde me le répète en permanence.

— Alors, dis-moi ce qui te travaille en ce moment. Avant-hier tu as failli tomber de cheval à être aussi pensif.

— Je... Je ne sais pas. Je ne peux pas, bredouilla-t-il tout en remuant sur son siège.

— De quoi as-tu peur, pour ne pas me le dire ?

— Que tu m'expulses du centre.

Luc fut estomaqué. Il s'attendait à beaucoup de choses, mais pas à cela. D'autant plus que Dan n'avait rien fait de répréhensible aux dernières nouvelles.

— Mais pourquoi te renverrais-je de l'institut ?

La question resta plusieurs minutes sans réponses. Luc tenta de comprendre ce qui se passait dans la tête de Dan pour que celui-ci fût persuadé qu'il allait être viré.

— Tu sais, j'ai toute ma matinée, voire ma journée. Par contre, toi tu louperas la sortie en ville.

— C'est du chantage ça.

— Possible, mais si au final tu me dis ce qui te tracasse autant, alors j'aurais bien œuvré aujourd'hui. Je suis donc tout à ton écoute.

— Non, mais tu crois que c'est facile d'avouer ça comme ça. Il m'a fallu un long moment de réflexion pour arriver à cette conclusion.

— Mais encore. Pour l'instant, je ne comprends pas un traître mot de ce que tu baragouines.

— Tu promets de ne pas te fâcher ?

— Ça dépend, tu as tué quelqu'un et caché le corps dans l'institut ?

— Non ! s'exclama Dan terrifié par cette question.

— Alors non je ne me fâcherai pas.

— Tu te rappelles le jour où tu es venu me chercher ?

Luc se contenta de hocher de la tête.

— Tu m'as engueulé parce que je t'ai embrassé, dit-il dans un murmure.

— Attends, ne me dis pas que cela te travaille depuis tout ce temps ?

— Non, mais laisse-moi finir. J'en ai parlé à Isabel. Elle m'a expliqué que cela ne se faisait pas à n'importe qui et ce qu'étaient les relations. Pas que je ne connaisse pas, loin de là, mais tu devines avec ce que je faisais avant, ce n'est pas facile. Depuis quelques semaines j'ai une envie de t'embrasser encore et même plus. Quand tu es proche de moi, je me sens bizarre. Du coup je ne sais pas quoi penser.

Dan fixait ses mains maintenant qu'il avait avoué ce qu'il avait sur le cœur. Il reconnaissait que ce qu'il avait dit était maladroit, mais au moins il ne le gardait plus au fond de lui. Il attendait un refus de Luc d'un instant à l'autre. L'institut allait lui manquer énormément. Alors que les larmes commençaient à se battre au bord de ses yeux, il entendit un léger rire au départ qui devint de plus en plus fort. Il se sentit pour le coup humilié. C'était pire que d'être rejeté.

Luc, quant à lui, fut dans un premier temps sous le choc de cet aveu. C'était bien la première fois qu'il occupait autant les pensées d'un de ses pensionnaires. Puis involontairement un rire naquit dans sa gorge. Ce n'était pas une hilarité pour le mépriser, mais plutôt la situation et la façon dont le garçon lui avait fait sa déclaration. Elle était originale, il ne pouvait le nier. Il lui fallut quelques instants pour reprendre ses esprits et se lever pour faire face au confident. Il remarqua les poings serrés du gamin qui devait se sentir vexé par sa réaction.

— Désolé Dan, je ne me moquais pas de toi, lui dit-il en s'abaissant pour être à son niveau. C'est juste que tu es la première personne à me faire ce genre de déclaration. Tu sais ici j'ai plus l'habitude des menaces comme tu l'as si bien fait à ton arrivée. Regarde-moi. Tu sais, je suis touché par tes sentiments, mais tu es jeune et dans une phase encore remplie de doute.

— L'âge est vraiment un problème ?

— Ne me fais pas dire ce que je n'ai pas proféré. Pour le moment tu n'as connu que des mauvaises expériences. Et puis je te rappelle que je suis directeur du centre. Cela ne se fait absolument pas et je risque de finir en prison.

Dan se rendit compte que depuis le début Luc ne lui avait pas avoué qu'il ne l'aimait pas. Il avait alors peut-être encore un espoir. Il n'osa pas poser la question de peur de se faire rejeter. Il préféra sa méthode et profita que l'éducateur fut très proche de lui pour capturer ses lèvres. Il ferma au même moment les yeux ne voulant pas voir le dégoût sur le visage de l'homme dont il s'était épris. Cependant il fut pris de court quelques instants quand il sentit son vis-à-vis répondre au baiser. Il s'accrocha au tee-shirt du plus âgé. C'était encore meilleur que la première fois. Il en était devenu accro.

Luc s'écarta de Dan brusquement en se rendant compte de ce qu'il faisait. Il s'était laissé faire trop facilement et n'avait pas réagi comme il le fallait. Il ne disait pas qu'il avait détesté cela au contraire, il y avait répondu. Cependant il ne pouvait pas se le permettre sans prendre le risque de perdre l'institut et de finir en prison lui-même.

— On ne peut pas faire ça, Dan.

— Mais pourquoi ? Tu n'as pas apprécié ? demanda le garçon presque à l'agonie.

— Ce n'est pas ça le problème. Nous ne pouvons pas. Il y a trop à perdre. Je t'apprécie plus que tous les autres résidents. Mais je ne veux pas ni compromettre ta fin de peine, ni même mon avenir en tant que responsable de ce centre.

— Tu ne m'aimes pas ?

— Dire je t'aime à une personne n'est pas aussi simple, Dan. Pour le moment, concentre-toi sur ton propre avenir. Termine correctement ton séjour à l'institut. Découvre le monde par toi-même et si vraiment tu ressens toujours la même chose pour moi, alors reviens vers moi.

— Je ne pourrais pas.

— Il va le falloir. Pour le moment va voir Isabel. Je vais prévenir Loïc que tu ne suivras pas son atelier. Si cela va mieux, cet après-midi tu te rendras en ville avec le groupe. C'est compris.

— Je n'ai pas le choix de toute façon.

— Ne le prends pas comme une punition gamin.

— Je suis un adulte.

— Seulement en âge.

L'éducateur tendit un mouchoir au plus jeune pour qu'il essuyât son visage avant de le conduire chez la psychiatre.

*

Luc ne savait quoi penser. Lui, un adulte responsable, arrivait à être déstabilisé par un garçon de huit ans son cadet et pour couronner le tout il s'agissait d'un des pensionnaires. Certes, depuis le début il avait ressenti une attirance pour ce dernier, même si ce n'était qu'une forte envie de le sortir de l'enfer dans lequel il vivait. Mais il ne pouvait se voiler la face. Plus le temps passait et plus d'autres sentiments naissaient en son for intérieur. Tout serait plus facile s'il pouvait laisser libre cours à ceux-ci. Seulement ce n'était pas possible. Il ne pouvait pas faire passer ses sentiments personnels avant tout le reste. Il s'était trop investi pour l'institut pour tout détruire pour un amour qui avait toutes les chances de ne pas durer.

Pour lui, Dan était encore trop jeune et innocent dans ce domaine. Le garçon devait découvrir tout cela avec d'autres avant, même si d'y penser faisait mal au plus âgé.

*

Dan passa la matinée dans le bureau d'Isabel, mais ne lui adressa pas la parole, ne se sentant pas capable de lui ouvrir ce qu'il avait sur le cœur. Luc l'avait plus ou moins rejeté. Il ne lui avait pas dit clairement qu'il ne l'aimait pas, mais pas le contraire non plus. Il se sentait mal au fond de lui. Il regrettait presque de n'avoir rien sous le coude pour l'aider à oublier, un peu d'alcool, un joint ou même une injection. Malgré les mois passés sans, il en ressentait maintenant le besoin. Il savait qu'il ne trouverait rien ici.

Durant le déjeuner, Dan resta silencieux, ne répondant à aucune question. Tout le monde remarqua son comportement. Il n'avait pas faim, mais mangea tout de même un minimum pour ne pas éveiller plus de soupçon. Il ne cessa de ruminer le comportement et les réponses de Luc. Il n'aimait tout simplement pas qu'on lui dise non.

Après le repas, il fut autorisé à accompagner les deux autres résidents et Peter pour se rendre en ville. Il y vit un moyen alors peut-être de fuir ou de pouvoir se trouver quelque chose pour oublier. Oui, la fuite était une possibilité. De toute façon, Luc ne voudra jamais de lui plus intimement et il en était persuadé. Alors qu'il monta dans le véhicule, il s'étonna de voir l'objet de ses pensées au volant.

— Il est où Peter ?

— Il arrive, ne t'en fait pas. Je vais avec vous. Un problème peut-être ?

— Non aucun, répondit Dan en se renfrognant un peu plus.

Luc s'était décidé à la dernière minute de les accompagner. Peter avait beau avoir de l'expérience, avec trois jeunes sur le dos, si un seul faisait des siennes et s'appelait Dan, il n'était pas sûr que son collègue puisse y faire face. De plus, Isabel lui avait donné une ordonnance pour augmenter le traitement du garçon afin de le tranquilliser.

XIII

Le trajet jusqu'en ville se fit dans un silence quasi total. La fille qui se tenait à la gauche de Dan avait dormi tout du long, tandis que le garçon semblait menacer du regard les voitures qu'ils croisaient. Ils commencèrent par les achats au centre commercial. Ce n'était pas le même que la dernière fois, il était plus petit. Chaque adolescent dut pousser un caddie pendant que les éducateurs lisaient les deux listes de courses afin de faire au plus vite. Il n'y avait pas trop de monde, ce qui fut appréciable pour chacun. Dan ne voyait pas l'intérêt de mettre les résidents de l'institut à contribution pour ce genre de tâche. Il fut encore plus intrigué quand Luc énuméra le nom de fournitures scolaires.

— Ah oui, j'ai oublié de vous prévenir, mais vous allez tous préparer votre diplôme d'étude secondaire. C'est le nouveau programme.

— Non ! s'exclamèrent en chœur les trois pensionnaires.

— Je suis sûr que cela vous plaira, rajouta Luc.

— Et qui va se charger de nous donner des cours ? ne put s'empêcher de demander Dan, ayant peur de la réponse.

— Trois professeurs viendront vous instruire deux jours par semaine.

Au fond de lui, Dan était soulagé de savoir qu'il ne passerait pas plus de temps encore avec l'homme qui occupait beaucoup trop ses pensées. Ils terminèrent les courses assez rapidement et rangèrent le tout dans le coffre. Contre toute attente, ils retournèrent dans le centre commercial afin de réaliser des photos. Luc avait envisagé de refaire des papiers d'identité aux pensionnaires qui n'en possédaient plus. Le juge avait donné son aval et procédé aux nécessaires pour que chaque personne concernée puisse avoir tous les documents obligatoires à son établissement. Dan ne put s'empêcher de lancer un pique à l'éducateur.

— J'espère que tu en garderas une dans ton portefeuille, pour penser à ce que tu rates, lui avait-il murmuré avant de s'éloigner à distance raisonnable de ce dernier.

Luc soupira devant l'obstination de celui-ci. Quand il avait une idée en tête, il ne l'avait vraiment pas ailleurs. Il souhaita que cela lui passât rapidement sinon le temps qu'il restait au gamin à faire à l'institut promettait d'être interminable et il n'était pas sûr de résister indéfiniment à sa propre attirance.

— Bien, nous en avons fini ici. Maintenant en route pour le centre-ville pour la pharmacie puis nous irons rencontrer les futurs professeurs. Je leur ai garanti qu'ils verraient avant leur début certains d'entre vous, annonça le directeur de l'institut.

Les éducateurs optèrent pour le déplacement en transport en commun afin de ne pas perdre des heures à essayer de trouver une place. Il n'y avait qu'un quart d'heure de bus. Ils faisaient assez confiance aux trois jeunes pour ne pas tenter de s'enfuir.

Devant la vitrine de la pharmacie, Dan et les autres patientèrent en compagnie de Peter. Le garçon regarda autour de lui, les gens qui marchaient ou courraient comme s'ils étaient en retard. Cela le fit sourire intérieurement. Depuis plusieurs années, il ne s'occupait plus de l'heure et d'être à la bourre. Enfin, c'était avant sa peine au centre.

Soudain, ses yeux captèrent un mouvement différent et se posèrent dessus. Son cœur sembla s'arrêter de battre le temps d'un instant. Il reconnut la silhouette qui avait tourné son visage pour le fixer avant de s'enfoncer dans une ruelle à quelques mètres seulement du groupe. Tout un tas de questions envahit sa tête. Comment se faisait-il qu'il fût ici, dans cette ville ? Était-il venu le récupérer ? À cette dernière interrogation, pourtant, le doute saisit son esprit. Voulait-il réellement s'enfuir du centre ? Il n'en était plus si sûr. Même s'il le pensait quand il était de mauvaise humeur ou contrarié, il se sentait bien là-bas. Il n'y avait pas que le traitement qui l'aidait à aller mieux. Tous les gens présents y étaient aussi pour quelque chose.

Il regarda en direction de Peter et le vit occupé avec les deux autres. Il évalua la distance pour s'éclipser. Il ne voulait pas partir, juste s'absenter quelques minutes pour prendre des nouvelles de ses amis. Rapidement, il recula et se glissa dans la ruelle. Au moment où il tourna, il entendit Peter l'appeler. Il se mit à courir pour échapper à l'éducateur qui le poursuivit. Sans s'y attendre, il se fit tirer à l'intérieur du bâtiment et plaquer contre la porte, une main sur sa bouche. La panique s'empara de lui, il faisait trop sombre pour identifier la personne qui le maintenait. Il lui fallut quelques instants pour se calmer et reconnaître enfin Yann. Ce dernier finit par enlever sa main, laissant ainsi à Dan la possibilité de respirer plus facilement.

— Qu'est-ce que tu fiches là ? lui demanda Dan.

— Je suis ravi de te revoir aussi, lui répondit Yann. Tu ne peux pas imaginer tout ce qu'il a fallu faire pour que je retrouve ta trace.

— Es-tu au courant pour Cody ?

— Il est mort. Je le sais vu que j'ai participé à sa mort.

Le sang de Dan se figea dans son corps et son cœur se serra comme dans un étau. Ce n'était absolument pas envisageable pour lui. Cody ne pouvait pas avoir été tué par Yann. Ce dernier lui mentait, il en était persuadé. Il regarda son ami droit dans les yeux à la recherche de la moindre empreinte de mensonge, mais il ne vit que froideur et plus une seule marque d'émotion.

— Comment ? bredouilla-t-il retenant ses larmes de dévaler ses joues.

— Le patron n'était pas content que tu te sois fait choper et quand il a appris que tu partais dans un centre de réinsertion, il a voulu faire un exemple.

— Pourtant je n'ai balancé personne !

— Ça, il s'en fout. Avec Cody, on devait veiller à ce que rien ne t'arrive.

— Parce que peut-être se faire enculer à longueur de soirée n'est rien ? Tout ce qui compte pour ce type c'est que l'on ramène le fric.

— Sais-tu au moins qui est le patron ?

— Si je savais qui c'était, je l'aurais balancé.

— Comme si tu pouvais te croire à l'abri. Suis-moi, on doit y aller.

— Je n'y retournerai pas. Je vais enfin mieux et je suis un programme pour m'en sortir.

— Je pense que tu n'as pas bien compris la situation. Je suis là pour te ramener avant qu'il me fasse aussi la peau. Je tiens à la vie moi. Tu vas donc arrêter de faire ton enfant gâté et me suivre bien gentiment. Ne m'oblige pas à utiliser la manière forte, annonça Yann tout en resserrant sa prise sur le bras de Dan.

— Jamais de la vie. La drogue et la prostitution, c'est fini pour moi.

— C'est ce que tu crois, mais tu n'es qu'une pute comme les autres.

Dan sentit son corps se briser sous les paroles tranchantes de celui qu'il avait longtemps considéré comme son ami. Finalement pour lui, il n'était rien de plus qu'un gagne-pain et un moyen de rester en vie. Tous les bons moments passés n'étaient ni plus ni moins que des illusions pour donner le change afin que Cody et lui écartassent les cuisses à la nuit tombée. Cette fois, les larmes se mirent à couler à flots. La tristesse et la rage se mélangèrent en lui et il n'avait qu'une seule envie, cogner sans relâche le visage au sourire sadique qui se tenait en face de lui.

Il tenta de se dégager dans un premier temps de sa prise pour être en position de se défendre. Il fallait aussi qu'il fuie de là et c'était pour lui une certitude. Il devait retrouver le groupe pour rentrer à l'institut. Il était persuadé que pour le moment, Luc n'avait pas encore prévenu la police. Pour venger Cody, il était désormais prêt à balancer tout ce qu'il savait sur le réseau, même si ces informations étaient minimes. Il voulait dénoncer Yann, responsable de la mort de Cody.

Il repoussa de toutes ses forces son ancien ami tout en essayant de lui donner un coup dans l'entrejambe. Ce dernier par réflexe s'écarta et par mégarde lâcha Dan qui en profita pour lui asséner une droite. Les deux garçons se mirent à se battre, chacun consumé par la rage. Pendant plusieurs minutes, ils s'échangèrent coup sur coup n'épargnant aucune partie de leur corps. Le nez de Dan craqua d'une façon sinistre, mais la colère était telle qu'il ne s'en rendit pas compte. La douleur était anesthésiée pour le moment. Seulement, il oubliait qu'il ne faisait pas le poids face à Yann qui semblait avoir pris des cours de boxe à une époque lointaine. Il finit par se retrouver projeté en arrière et atterrit assez violemment contre la porte. Sa respiration se faisait haletante. Il fut à moitié sonné et sa vision devint de plus en plus floue.

— Je crois que j'ai une meilleure idée. Un accident est si vite arrivé, commenta Yann tout en s'approchant dangereusement de Dan, une lueur meurtrière dans les yeux.

Il plaqua le garçon contre le sol, entrava les bras de ce dernier avec ses jambes. Il sortit quelque chose que Dan n'arriva pas à distinguer de l'intérieur de sa veste.

— J'ai une confession à te faire. Je vais te dire qui est le big boss du réseau. Tu n'en reviendras même pas. Mais tu n'auras pas vraiment le temps de digérer l'information, car tu vas mourir.

Tout en parlant, Yann injecta quelque chose dans le bras de Dan immobilisé. Il s'approcha ensuite de l'oreille de celui-ci pour lui murmurer le nom du patron. À l'entente de la réponse, ses yeux s'écarquillèrent d'effroi. Sans attendre, Yann partit à l'opposé pour prendre la fuite.

Le corps de Dan devint étrange au fur et à mesure que la drogue se diffuser à travers ses veines. Il pleura toutes les larmes en lui, il ne voulait pas mourir. Il essaya de se relever, mais n'y arrivait pas. La dose reçue l'engourdissait complètement. Le traître lui avait injecté beaucoup trop afin qu'il fasse une overdose. Il ne réussit qu'à se retourner légèrement et par désespoir de cause, il se mit à tambouriner de ses poings la porte en métal et pria pour que quelqu'un l'entendît et vînt à son secours. Ses lèvres tremblaient et bleuissaient petit à petit. Alors que les dernières forces l'abandonnaient, il aperçut un filet de lumière et on le poussa avec la porte.

— Dan ! Dan !!! entendit-il crier au loin, mais déjà son esprit parti vers d'autres horizons.

*

Quand Peter l'avait appelé de la porte de la pharmacie pour le prévenir que Dan prenait la tangente, il s'était aussitôt mis à sa poursuite. Pendant plusieurs minutes, il avait retourné les rues et ruelles avoisinantes, le garçon ne pouvait pas être bien loin et devait se planquer quelque part. Il ne chercha pas à comprendre pour le moment le geste de ce dernier. Tout ce qui comptait était de remettre la main dessus. Outre la colère de se sentir trahit, l'éducateur avait une boule d'angoisse qui grossissait en son for intérieur. Il avait confié à Peter les deux autres adolescents afin qu'il le ramenât jusqu'à la voiture.

Au moment où il se résignait à appeler la police, condamnant par la même occasion Dan à la prison pour dix ans, il entendit un faible bruit métallique. Il tendit l'oreille pour mieux écouter. Il avait l'impression que quelqu'un tapait dans quelque chose. Luc se mit à longer les murs afin d'identifier l'endroit exact du son et s'arrêta devant une porte qui menait dans un bâtiment désaffecté. Il tenta de la pousser, mais quelque chose semblait la retenir. Puis il reconnut la voix, faible, mais bien présente de Dan. Le corps de celui-ci l'empêchait d'entrer, mais il distinguait les jambes, montrant qu'il était allongé. Sans plus attendre, il força l'ouverture jusqu'à pouvoir se glisser à l'intérieur. Luc eut un hoquet de stupeur en voyant le corps couvert d'ecchymoses et les vêtements déchirés de son pensionnaire. S'agenouillant près de lui, il le souleva légèrement pour le serrer contre lui et lui parler, mais il ne paraissait pas réagir normalement. Ses yeux fixèrent une seringue.

— Non, non, non, non, non. Dan, accroche-toi, gamin ! Tu ne peux pas crever comme ça. Dan ! Je croyais que tu voulais que je tombe amoureux de toi, alors tiens le coup.

Luc extirpa le garçon de l'entrepôt et appela les secours priant pour qu'ils arrivassent rapidement. Entre-temps, Peter était revenu avec la voiture et s'était approché de son supérieur. Il fut étonné de voir le plus âgé aussi dévasté pour un gamin qui ne faisait que transiter chez eux. Le directeur de l'institut demanda à l'éducateur de récupérer la seringue qui se trouvait toujours dans le bâtiment. Au loin, la sirène de l'ambulance retentit.

XIV

Luc patientait de nouveau, seul dans cette salle, les autres étaient retournés au centre à sa demande. Les deux adolescents ne devaient pas rester ici et il ne fallait pas les négliger. Un médecin avait rapidement confirmé l'overdose de Dan. L'endroit de l'injection prouvait qu'elle avait été faite par une tierce personne. Il avait aussitôt prévenu Nathan et Alec de la situation et les deux flics étaient encore sur les lieux de l'incident. L'éducateur souhaita de tout cœur que les deux hommes finissent par trouver une quelconque piste. Il savait que les inspecteurs allaient vouloir l'interroger à son réveil.

Dans sa poitrine, son cœur le faisait souffrir énormément rien qu'à l'idée d'avoir failli perdre ce gamin borné. Il était tellement plongé dans ses réflexions qu'il sursauta quand le médecin l'appela à plusieurs reprises. Le spécialiste l'invita à le suivre jusqu'à la chambre où se reposait Dan. Voir l'état du garçon lui donna la nausée.

— Comment va-t-il docteur ?

— Pour le moment, il dort. Nous ne pouvons pas lui

administrer le moindre calmant pour les douleurs, tant qu'il restera des traces de drogue dans le sang. Il a échappé à la mort de peu. Il souffre d'un nez cassé, de plusieurs côtes fêlées et surtout d'une overdose. D'après son dossier, il se défonçait.

— Oui, mais là il s'agit d'une tentative de meurtre. Il a réalisé une cure de désintoxication. Cela fait plusieurs mois qu'il ne touchait plus à rien. Savez-vous quand il se réveillera ?

— Pas avant plusieurs heures, je pense.

— Il a un traitement pour la schizophrénie, pourra-t-il le reprendre ?

— Il n'y aura pas de problème, quand la drogue sera dissoute. En attendant, il ne pourra rien recevoir. Vous pouvez patienter ici si vous voulez.

— Je vous remercie docteur.

Une fois le médecin sortit de la pièce, il tira le fauteuil présent pour se mettre au plus près du convalescent. Les traits de son visage étaient tendus, un bandage entourait sa tête au niveau de son nez cassé. Dans d'autres circonstances, Luc aurait trouvé cela comique. Il saisit doucement la main du garçon et la caressa du pouce.

*

Dan reprit conscience que le lendemain matin. Durant toute la nuit, une infirmière était venue voir l'état du convalescent. Luc n'avait pas bougé de son fauteuil durant tout ce temps, veillant sur son protégé. Le réveil de ce dernier toutefois ne se fit pas sans douleur, mais dans la souffrance la plus totale. Le médecin arriva aussitôt et fit sortir l'éducateur de la chambre, le temps de procéder à des soins. Dans le couloir, il fut étonné de voir un policier en faction devant la porte.

— C'est Alec et Nathan qui vous ont demandé de surveiller l'entrée ? questionna-t-il.

— Tout à fait, monsieur. L'agresseur court toujours et s'il a vent que la victime est en vie, il pourrait bien venir terminer son travail.

Luc s'éloigna afin de prévenir les deux inspecteurs du réveil du gamin. Au vu de l'heure, il opta pour un SMS auquel répondit rapidement Alec. Ses amis arrivèrent en moins d'une demi-heure avec du café et des croissants. Il leur fut reconnaissant. Ils s'installèrent dans le couloir pour attendre de voir s'ils allaient pouvoir poser quelques questions à Dan. Durant encore une quinzaine de minutes, personne ne parla, profitant chacun de la boisson chaude et de la viennoiserie. Quand le médecin quitta la chambre, les trois hommes se tournèrent vers lui.

— Je lui ai donné des calmants à faible dose.

— Peut-on l'interroger pour avancer dans l'enquête ? demanda Alec.

— Vous pouvez essayer, mais ne le forcez pas trop. Il a subi un grave traumatisme apparemment. Je compte avoir l'avis du psychiatre.

— Nous serons brefs.

Ils pénétrèrent ensemble dans la pièce. Luc eut un pincement au cœur en voyant ce regard vide. Il avait la sensation que tout le travail accompli sur presque un an était anéanti. L'éducateur fit signe aux deux flics de rester en retrait. Dan ne faisait pas confiance à tout le monde et ce serait un miracle s'il lui adressait un seul mot. Il reprit sa place sur le fauteuil. La souffrance du garçon devint la sienne en le voyant ainsi. Mais il se doutait bien qu'il n'y avait pas que la douleur physique.

— Dan, appela-t-il doucement.

Le jeune adulte ne répondit pas et continua de fixer un point imaginaire au plafond. Luc posa délicatement une de ses mains sur la joue du convalescent qui sursauta légèrement, sortant par la même occasion de sa transe. Il n'osa tout de fois pas regarder l'éducateur et préféra tourner son visage vers la fenêtre.

— Dan, il faut que l'on connaisse le nom de la personne qui t'a fait ça.

Durant de longues minutes, tout ne fut que silence, seul le bip des machines le brisait. Le garçon ne sut pas quoi dire, il n'arrivait pas lui-même à croire ce qui s'était passé quelques heures auparavant. Sa gorge se nouait, rien que de se dire que c'était la vérité, même si elle avait un goût amer dans sa bouche.

— Yann, finit-il par murmurer en retenant ses larmes. Il s'est servi de moi pendant toutes ces années.

— On était loin d'où on t'a arrêté pourtant. Comment a-t-il su ?

— Je ne sais pas. Mais il devait me retrouver pour me conduire à mon père.

— Ton père ? intervint cette fois Nathan en se rapprochant.

Luc lui lança un regard noir rempli de promesses, qu'il allait passer un sale quart d'heure après.

— Il me l'a dit pendant qu'il me piquait. Luc, je ne souhaitai pas partir. Il faut que tu me croies, dit-il en pleurant.

— Je le sais.

— Je ne veux pas aller en prison, Luc. S'il te plaît, ne les laisse pas m'envoyer là-bas.

— Ne t'en fais pas, je ferais tout pour que tu restes.

— Dan, il nous faut des détails, insista Alec.

— Yann désirait que je le suive, mais je lui ai dit que je refusais de faire le tapin. J'ai essayé de me dégager de sa prise et il s'est mis à me frapper. J'ai tenté de rendre ses coups, mais il a toujours été plus fort que moi.

— Sais-tu où il se trouve ? demanda Alec

— Dans le quartier où vous m'avez arrêté. Pas loin, il y a de vieux entrepôts qui servent souvent pour des raves parties. Juste derrière, il y a un bâtiment qui cache un hôtel où les prostitués font leur boulot. Le patron ne dit jamais rien en échange d'un pourcentage de nos gains. Le restant revient au boss qui n'est autre que mon père...

La nausée le prit soudainement et il eut à peine le temps de se pencher qu'il rendit la bile d'écœurement. Luc avait anticipé et avait mis devant lui la petite bassine vide. De sa main, il caressa le dos de Dan afin de le réconforter.

— On va y aller. Ne t'en fais pas, bientôt tout cela ne sera plus qu'un cauchemar. Pour le moment on va laisser un agent de surveillance ici, annonça Nathan tout en se dirigeant avec Alec vers la sortie.

Quand enfin Dan put reparler, il répéta sans cesse la même phrase « je ne veux pas aller en prison ». Luc n'aimait pas voir celui-ci si détruit à cause de la trahison et de cette découverte infâme concernant son père que l'adulte trouvait déjà ignoble depuis le début.

— Dorénavant tu ne diras plus un mot tant que tu n'auras pas vu un avocat. Tu comprends Dan ?

— Pourquoi ? demanda-t-il en sanglotant.

— Je n'ai pas le choix que de faire un rapport et tu vas être impliqué directement, une fois que ces ordures seront sous les barreaux. Je vais te laisser quelques instants, le temps d'appeler un très bon avocat qui va négocier en échange de tout ce que tu sais, un maintien à l'institut. Mais tu vas devoir me faire confiance.

— Je veux rester au centre.

Luc se releva et déposa un baiser sur le front moite du garçon avant de s'éclipser dans le couloir. L'appel fut rapide et un homme de loi avec qui il avait déjà travaillé arriva moins d'une heure après. Ils discutèrent tous les trois pendant presque toute la matinée et mirent au point plusieurs scénarios possibles. Luc resta le plus longtemps qu'il le put avec Dan, une fois l'avocat parti afin de ne pas le laisser seul. Il apporta ainsi un réconfort à ce dernier, mais aussi à lui-même. Il ne lui lâcha pas la main quand il le vit s'endormir, épuisé par les émotions et l'effet des calmants dont le médecin augmenta petit à petit la dose.

Sur le soir, il n'eut pas d'autre choix que de partir. Il fut surpris en quittant la chambre de croiser à la place d'un flic lambda, Alec devant la porte.

— Pas la peine de venir lui poser des questions, il n'y répondra pas, lança Luc légèrement sur la défensive.

— Tout doux. Je suis là pour monter la garde. On n'a pas réussi encore à arrêter son père. Mais cela ne saurait pas tarder. L'avocat de ton petit protégé est venu nous voir pour nous mettre au parfum tout à l'heure. Tu n'as pas à t'inquiéter, on ne veut pas le faire plonger avec les autres. Tu lui demandes de te faire confiance, fais-en de même avec nous.

— Désolé, je suis fatigué avec tout cela.

— Nathan t'attend pour te raccompagner. Comment va-t-il ?

— Comme un gosse trahit par toutes les personnes en qui il avait eu confiance jusqu'à aujourd'hui. Il est au courant pour Cody, mais pas dans les détails.

— Il est préférable qu'il ne le sache jamais.

— Tu as raison. D'après le médecin, il devrait pouvoir quitter l'hôpital dans quelques semaines, le temps d'être sûr qu'il n'y a pas d'effet secondaire avec la merde qu'on lui a administrée.

— Tu sais pourquoi il s'est barré, au moins ?

— Alec !

— Bien, bien. Je ne dis plus rien. C'était pour savoir s'il t'avait donné une raison. Je demandais ça en ami.

— Il voulait juste savoir comment ils allaient et leur dire qu'il ne reviendrait plus, mais qu'il ne les avait pas balancés. Enfin maintenant si.

— Va te reposer, tu en as besoin. Par contre un conseil, évite d'être trop proche de ce gamin pour le moment.

— Comment ça ?

— Tu n'as jamais été discret et cela se voit que tu en pinces pour lui, mais il est à peine majeur et sous ta responsabilité. Va falloir te montrer patient, lui lança le flic en souriant.

Luc quitta l'hôpital et retrouva Nathan sur le parking qui le reconduisit jusqu'au centre. Le trajet du retour se fit dans le calme, aucun des deux ne voulait parler et l'éducateur fut reconnaissant que son ami ne remit pas une couche après sa discussion avec Alec.

*

Les jours qui suivirent furent chargés pour Dan qui reçut plusieurs fois la visite de son avocat. Il savait que Luc avait remis son rapport au juge et que ce dernier l'avait convoqué à une séance extraordinaire. Son représentant judiciaire s'occupa de le défendre et d'excuser son absence. L'éducateur n'avait pas menti concernant l'aide. L'homme de loi utilisa tout ce qu'il avait en sa possession pour maintenir le garçon au sein du centre et de n'être dans l'affaire du démantèlement du réseau de prostitution qu'un témoin à charge.

Son père avait fini par être arrêté, mais ce n'était pas pour autant qu'il se sentit soulagé. Il faisait énormément de cauchemars qui le réveillaient en hurlant. Il était suivi par la même psychiatre que lors de son séjour précédent, mais pas au sein du service. Il avait pu garder une chambre normale.

Chaque jour, un éducateur venait passer l'après-midi avec lui. Il commençait à apprécier de plus en plus leur compagnie. Loïc lui avait ramené son carnet à dessin pour occuper sa convalescence. Quand les adultes étaient là, il leur souriait, mais cela ne les trompait pas. Dan avait beaucoup de mal à s'en remettre psychologiquement. Luc s'était réservé les dimanches avec lui. Les deux hommes parlaient peu, mais la présence de l'éducateur lui faisait énormément de bien. Ce dernier n'hésitait pas à tenir la main du patient sans aucune gêne, mais aucun des deux ne pouvait discuter de ce qui était interdit. Toutefois, quand ils n'étaient pas seuls, ils gardaient chacun une certaine distance. Dan ne voulait pas recevoir un nouveau sermon, ayant écopé d'un, deux semaines auparavant par Nathan.

À la sixième semaine d'hospitalisation, il put enfin retourner à l'institut avec l'autorisation du tribunal, le procureur avait accepté la requête de l'avocat. Ce fut Luc qui vint le chercher pour le ramener « à la maison », comme le garçon disait.

XV

Cinq ans après le démantèlement du réseau

Il se tenait assis dans l'un des fauteuils de la grande salle, entouré des derniers arrivants du centre. C'était sa première intervention depuis qu'il était diplômé. Après avoir suivi chaque éducateur pendant près d'un an, Luc lui avait enfin accordé l'accueil des nouveaux. Dan avait travaillé toute la semaine sur la meilleure façon de procéder, de leur expliquer le rôle de l'institut, et comment chacun des jeunes allait s'en sortir. Il espérait que cela les motiverait pour se battre chaque jour pour retourner à une vie saine.

Pour lui, le parcours fut jonché d'obstacles et il avait dû lutter pour y arriver. Il avait pu compter sur le soutien indéfectible de Luc et de l'ensemble des éducateurs. Il y eut des hauts et des bas, mais il en était sorti à chaque fois plus fort. Six mois après le démantèlement du réseau qui avait entraîné l'arrestation de vingt-sept personnes, le procès le plus attendu débuta. Dan, avec beaucoup d'autres jeunes exploités comme lui dans les circuits de prostitution, témoigna à la barre. Chaque récit conté fut une épreuve pour les gens présents dans le tribunal, ainsi que les jurés. Les médias n'avaient rien loupé de la procédure et chaque jour que dura le jugement, l'affaire faisait la une. La plupart des garçons utilisés furent suivis en raison des effets secondaires des nombreuses drogues qu'ils avaient consommées pendant leur captivité et de la dévalorisation d'eux-mêmes.

Au bout de huit semaines de procès et trois jours de délibération, le verdict tomba pour l'ensemble des prévenus. Tous écopèrent de prison. Le père de Dan fut condamné à la perpétuité avec vingt ans de sûreté. Yann devait purger une sentence de quinze ans sans remise possible. Les autres peines allèrent de trois à dix ans ferme. Pour toutes les victimes, cela avait été le véritable soulagement, même si la reconstruction allait être longue et douloureuse. Dan ne ressentit aucune émotion pour son paternel et avait quitté le tribunal en compagnie de son avocat, Nathan, Alec et Luc. La nuit qui suivit fut la plus sereine pour lui.

Il reporta son attention sur l'assemblée. Ils étaient désormais tous là face à lui, attendant que le jeune éducateur prît la parole. Il sentait derrière lui le regard intense de son amant. Il savait qu'il lui faisait entièrement confiance. Luc avait d'ailleurs toujours eu foi en lui, même si au début cela ne se voyait pas. Intérieurement, Dan bouillonnait de trac. Il n'avait pas encore l'habitude de parler devant un auditoire. Respirant un bon coup, il finit par se lancer.

— Bonjour à tous. Je suis Dan Case, éducateur au centre de la seconde chance. Vous êtes là afin qu'on vous offre cette chance de recommencer votre vie et de repartir à zéro. Durant votre séjour, vous allez réapprendre à vous valoriser, vivre au sein d'un groupe et ne plus avoir peur du regard des autres. Quand vous quitterez l'institut, vous serez un homme et une femme comme tout le monde. Avant que ne débute votre séjour ici, je vais vous raconter une histoire. Il s'agit de mon histoire. J'ai grandi dans une famille de tout ce qui a de plus normal. J'avais des parents aimants, enfin plutôt une mère aimante. Mais voilà, elle est partie beaucoup trop tôt. Mon père qui jusqu'alors ne m'avait pas touché, il s'est mis à boire et à me violer. Quand j'ai eu quatorze ans, j'ai pris mon courage à deux mains et j'ai fui mon père. Sauf que j'étais comme vous fortement influençable et j'ai fini par descendre en enfer avec la drogue, le vol et j'en passe. Cela a duré quelques années avant d'être arrêté et de passer devant un tribunal. Là-bas, j'ai dû faire un choix, la prison ou le centre. J'ai opté pour l'institut. Cela remonte à presque dix ans. Cette décision m'a apporté énormément de choses pendant mon séjour. J'ai appris à m'apprécier en tant qu'individu, à vivre comme quelqu'un de normal. J'ai réappris à vivre en société. Ce ne fut pas facile. Il y a eu de nombreux hauts et bas, mais il y a eu du monde qui a cru en moi et qui m'a soutenu. Aujourd'hui si je suis ici devant vous, c'est grâce à eux.

Dan s'arrêta quelques instants et observa son auditoire. Il n'y avait pas un mot et ils le fixaient tous. Certains affichaient une mine de je-m'en-foutisme, d'autres semblaient ébahis et les derniers, on pouvait lire la peur sur leur visage. L'éducateur ne comprenait que trop toutes ces réactions. Il repensa alors à ses tout débuts.

Après avoir été diplômé, Luc lui offrit une place au sein du centre. Ce fut son contrat de travail que ce dernier lui donna en cadeau lors de la surprise-partie pour fêter le diplôme. Ce soir-là, ils avaient fait l'amour comme jamais, une fois tous les deux dans leur intimité. C'était le plus beau jour de la vie du jeune homme.

Bien évidemment, Luc se rendit compte que vu l'effectif d'encadrement, la capacité d'accueil de l'institut n'était plus en adéquation avec les besoins. Il commença donc, avec l'aide de subvention, des travaux d'agrandissement. Tout fut vu en plus grand. Il y avait maintenant de véritables dortoirs avec un étage pour les filles et un étage pour les garçons. La réhabilitation et l'extension durèrent tout de même plus d'un an. La plupart des éducateurs, Isabel et Alexia, partirent travailler ailleurs pendant ce laps de temps.

Durant toute la période de la rénovation, Dan et Luc profitèrent de leur relation et avaient fini par se pacser afin d'officialiser leur amour. Luc n'étant pas un très grand romantique, il avait fait sa demande, ou plutôt il avait donné ses directives, entre deux sacs de courses.

— Dan. Réserve ton premier samedi de septembre.

— Pourquoi ?

— On se pacse.

Dan s'était retrouvé sans voix, ne sachant pas quoi répondre. Quelques semaines plus tard, ils s'étaient retrouvés tous les deux à la mairie en compagnie des autres éducateurs, ainsi que de Nathan et Alec. Ce fut pour l'ancien toxicomane une journée mémorable.

Dan sortit de ses souvenirs et observa chacun des gamins assis devant moi. Il repensa à son premier jour ici. Combien songeaient, comme il l'avait fait, à vouloir s'enfuir ?

— Vous allez être répartis en deux dortoirs. L'un pour les filles au premier étage et l'autre pour les garçons au deuxième. Vous disposerez chacun d'une chambre individuelle. Quelques tenues vous sont données au départ. Votre chambre sera vôtre pour les trois années à venir. Vous êtes responsable de son état. Elle doit rester toujours dans le même état que quand vous y avez emménagé. Les règles ici sont très simples : respect de chacun, respect de soi. Les repas se prennent en permanence à heures fixes : huit heures le petit-déjeuner – douze heures le déjeuner et dix-neuf heures trente le dîner. Les douches seront faites avant dix-huit heures pour tout le monde. Maintenant, je vais vous laisser découvrir votre espace personnel. On se retrouvera pour le dîner.

Et voilà, le nouvel éducateur finit sa première intervention. Une fois que tout le groupe fut parti, il entendit un bruit de pas. Il n'avait pas besoin de se retourner pour deviner que Luc arrivait. Ce dernier se mit derrière son amant et l'enserra de ses bras. Sa tête reposa sur le haut du crâne qu'il embrassa.

— Je suis si fier de toi Dan.

— Merci, mais c'est grâce à toi.

— Si tu venais maintenant dans mon bureau pour discuter de ton emploi du temps.

Dan se leva et le suivit sans rechigner. Le directeur de l'institut ferma la porte derrière lui à clef. Il fallut attendre une bonne heure avant de pouvoir parler réellement de planning.

Il était temps pour Dan de clore ce chapitre de sa vie, pour en ouvrir un autre. Celui de sa vie en tant qu'éducateur du centre de la Deuxième chance.

Merci à toi qui as terminé de lire mon premier roman. Si tu continues au-delà de cette page, tu découvriras la véritable fin qui a fait verser de nombreuses larmes car la vie n'est pas toute rose.

Marie-Paule Dunant

XVI

Deux ans plus tard

Les gyrophares éclairaient toute la zone. Des gens couraient partout autour de la maison. Des messages s'échangeaient à l'aide des radios. Le périmètre était déjà délimité par le ruban rouge qui signalait une scène de crime. Une nouvelle voiture de police arriva et se gara au milieu des autres. Deux grands blonds en sortirent. Ils s'observèrent avant de claquer la porte et de se diriger vers l'intérieur de l'habitation.

— Bonsoir, messieurs. Ce n'est vraiment pas beau à voir dedans. Le légiste fait actuellement les premières constatations.

— D'accord merci, répondit Nathan avant de se tourner vers son partenaire, le regard lassé. Bordel, Alec, je n'y crois pas. Comment cela a-t-il pu arriver ?

— Je n'en sais rien Nathan. J'espère que l'enquête pourra

nous le dire. Allez, viens, on nous attend à l'intérieur. On doit faire notre boulot jusqu'au bout.

— Je le sais très bien, mais quand je pense qu'on les a vus il y a encore quelques jours, je...

— On y va.

Ils pénétrèrent tous les deux dans la maison. Tout était sens dessus dessous, il ne restait presque rien debout. Il y avait dû avoir une sacrée lutte dans la demeure ou alors une tornade était entrée, même si cette dernière hypothèse était complètement farfelue. Ils se dirigèrent dans le salon où il y avait du monde autour d'un corps. Les personnes s'écartèrent à leur approche, hormis le légiste. Malgré l'état du corps et la mare de sang, Nathan le reconnut immédiatement.

*

Trois semaines avant le drame

Depuis maintenant deux ans, Dan s'occupait de petits groupes avec un atelier de dessin. Il avait généralement deux ou trois jeunes, jamais plus. Mais cela était plus que suffisant et il pouvait ainsi consacrer assez de temps à chacun de ses pensionnaires. Il les connaissait par cœur, comme s'ils avaient été toujours présents. Son atelier fonctionnait très bien et servait souvent de support pour Isabel. Si on lui avait dit, quatre ans auparavant, qu'il travaillerait dans le centre d'où il avait tenté de fuir, jamais le brun ne l'aurait cru. Et pourtant, grâce à sa passion pour le dessin, mais aussi son amour pour son ancien éducateur, il avait désormais une place essentielle.

Le soir en rentrant chez lui avec Luc, il laissait, sur le pas de la porte, l'institut et tous les jeunes, pour ne passer le temps qu'à s'aimer et à discuter de leurs prochains projets de voyage.

Mais depuis un moment, le comportement de Dan changeait du tout au tout. Au début, cela fut imperceptible pour les autres, mais pas pour Luc qui le connaissait sur le bout des doigts. Ce dernier commençait même à se poser des questions, mais n'en fit aucunement part à son amant. Il préférait étudier et voir si ce n'était pas lui qui se faisait des films.

Malheureusement les jours puis les semaines passèrent et Dan devint de plus en plus agressif à la moindre contrariété. Le plus âgé songea à en parler à Isabel.

*

La veille du drame

Luc rentra un peu plus tard suite à une réunion en ville. Il avait profité d'être là-bas pour racheter des carnets de croquis, ayant remarqué que son compagnon n'en avait plus de disponible. Il fut stupéfait de trouver le salon complètement retourné et Dan essoufflé au milieu du capharnaüm. Son sang bouillonnait face à ce désordre, lui pourtant strict et sans appel sur le rangement et la propreté. Mais voyant l'état de son amant, il préféra attendre avant de lui faire sentir sa colère. Il s'approcha doucement de ce dernier, qui n'avait même pas perçu sa présence. En arrivant à sa hauteur, il constata que les mains de celui-ci étaient en sang.

— Que s'est-il passé, Dan ? Pourquoi es-tu blessé ?

— Il n'y a rien. Va te faire foutre !

— Ne me dis pas rien. Regarde dans quel état est le salon et surtout comment tu es. Tu sais très bien que tu peux m'en parler.

— Laisse-moi tranquille pour une fois ce ne sont pas tes affaires !

Dan tourna son regard haineux vers Luc. Le brun en avait marre qu'on lui dicta tout le temps sa conduite et qu'on le surveilla. Il souhaitait juste qu'on lui foute la paix. Pour l'éducateur, l'évidence d'une chose qu'il ne désirait pas croire le frappa de plein fouet.

— Dan, ne me dis pas que tu as consommé ?

— Je n'ai rien pris du tout. Ce n'est pas parce que je pète un plomb que forcément, je me suis drogué. Mais tu veux peut-être vérifier. Je le sais très bien que tu n'as aucune foi en moi.

Tentant de se redresser pour faire face à Luc, Dan posa le pied sur un morceau de verre. Il grimaça de douleur et bascula en arrière. Il fut rattrapé in extrémiste par l'éducateur qui le maintint dans ses bras un long moment, attendant patiemment qu'il se calmât. Il ne voulait pas que celui-ci se blessât inutilement et il devait rétablir la confiance afin de pouvoir prévenir Alexia.

Au bout de quelques minutes, Dan se mit à sangloter. Son amant le porta alors jusqu'à leur chambre et le déposa sur le lit. Il se rendit à la salle de bains afin de récupérer la trousse de premiers secours et de soigner les plaies avant qu'elles ne s'infectassent. Ce soir-là, il ne posa pas de question au plus jeune qui avait fini par s'endormir.

En rangeant le matériel, il constata une chose étrange dans la pharmacie. Les médicaments que Dan prenait pour la schizophrénie étaient tous dans des emballages fermés. Il compta chaque boîte et remarqua qu'il y avait plus de boîtes que nécessaire. Cela fut aussitôt le déclic dans la tête de Luc.

Dan ne suivait plus son traitement depuis quelque temps.

Pourquoi avait-il fait ça ? Il connaissait pourtant les conséquences de la non-prise de celui-ci. Il devait savoir que sans ce traitement, il allait se sentir très mal. Alors pourquoi avait-il fait cela ? Pourquoi n'était-il pas venu le voir, pour lui parler ? Il n'était pas si dur que ça avec lui, surtout avec lui.

Il décida de laisser les questions pour le lendemain et rejoignit son amant non sans avoir nettoyé les dégâts que le plus jeune avait causés avant. Il demanderait l'avis d'Isabel dès la première heure.

*

Le lendemain matin, Dan n'avait aucun souvenir de ce qui s'était passé la veille et fut étonné lorsque Luc le coinça sous lui dans le lit afin d'avoir une sérieuse discussion. Son ton montra qu'il y avait une certaine colère en lui et qu'il se retenait.

— Maintenant que tu as fini de faire la belle au bois dormant. Tu vas pouvoir m'expliquer pourquoi tu ne prends plus ton traitement et depuis quand cela dure. Pas la peine de me dire que c'est une erreur de dose. J'ai trouvé toutes tes boîtes non entamées. Je veux bien te croire, je t'ai toujours fait confiance, mais là, je ne sais plus comment te l'accorder vu ton comportement.

— Je... C'est-à-dire que...

— Oui, vas-y, j'écoute tes arguments pour mettre ta vie en danger. Tu oublies que je peux te retirer ton groupe de soutien et te mettre à pied pour ce manquement.

— Non Luc, tu ne peux pas me faire ça. Je ne recommencerai plus. Laisse-moi continuer à m'occuper de mon groupe de jeune. Je ne le referai plus. Je vais continuer mon traitement.

— Pourquoi as-tu arrêté ton traitement ?

— Au début, j'ai omis de prendre certains cachets, car j'étais pressé le matin. Comme je n'ai pas vu de différence, j'ai décidé d'en avaler de moins en moins. Je ne pensais vraiment pas à mal. Je te le jure !

— Depuis quand ?

— Cela fait trois mois environ.

Luc fixa son amant intensément, sondant son regard. Au bout de quelques minutes, il se releva et quitta le lit.

— Aujourd'hui, tu n'assureras pas tes cours au centre, mais tu prendras la direction de la clinique pour expliquer ce que tu as fait. Quand tu auras fini, tu m'appelleras et je te retrouverai à la maison. Il n'y a pas de discussion possible. Tu veux que je te fasse confiance. Alors, assume et va à la clinique.

Dan hocha la tête. Il se leva à son tour pour se préparer. Il se rendit ensuite à la clinique. Il n'en ressortit qu'en fin de journée. Il envoya un texto à Luc afin de lui signaler qu'il avait fini et qu'il devait passer à la pharmacie avant de rentrer.

Sans le vouloir, Dan se retrouva près de l'ancienne ruelle où tout avait changé pour lui. Il marcha le long de cette rue nauséabonde sans vraiment faire attention. Ses pensées étaient toutes tournées vers son passé, sa première rencontre avec Luc et tout le chemin qu'il avait parcouru depuis.

— Eh, salut beau brun. On s'est perdu ou peut-être recherches-tu ici quelque chose de spécial ?

*

Dan ne rentra qu'à la nuit tombée. Luc l'attendait tranquillement assis dans le salon, en train de lire les dernières nouvelles. Il leva à peine les yeux sur son amant, préférant patienter qu'il se déchaussât et se mît à son aise avant d'entamer toute discussion. Dans la cuisine, le poulet cuisait dans le four.

Dan se dirigea vers la cuisine afin d'y ranger les quelques courses. Depuis qu'il était rentré, il fredonnait en boucle le même air. Luc se demandait ce qu'il avait pour être de si bonne humeur. Il posa son journal en entendant les pas se rapprocher. Le jeune adulte arriva par-derrière et entoura son amant de ses bras avant de l'embrasser dans le cou.

— Qu'est-ce qui te rend si joyeux ?

— Oh, rien. Je suis juste heureux, c'est tout.

— Vraiment ? Alors tu vas pouvoir me dire ce que t'a dit le psy, n'est-ce pas ?

— Plus tard si tu veux bien. J'ai d'autres projets pour nous pour le moment.

— Non, Dan. Je souhaite que l'on en discute maintenant et ensuite nous verrons tes envies pour la soirée.

— Tu sais le vieux que tu commences à me faire chier avec tes ordres. Tu me tapes sérieusement sur le système. Tu ne sais même pas profiter de la vie.

Dan resserra un peu plus son emprise autour du cou de Luc. Ce dernier aussitôt se mit en mode défense au moment où le brun l'avait appelé vieux. Quelque chose clochait avec lui. Il s'était passé quelque chose après avoir quitté la clinique.

Il n'avait pas dû aller qu'à la pharmacie. Luc réfléchit rapidement dans sa tête afin de chercher une solution pour maîtriser Dan sans le blesser pour autant. Son téléphone se situait hors de portée de main. La prise qu'avait son amant sur lui l'empêcha de s'en dégager.

— OK Dan. Lâche-moi alors et on va faire ce que tu veux.

— Pourquoi ? Je trouve que c'est une très bonne position comme tu es. Ton cou à portée de mes baisers et de mes dents. Ta gorge est si blanche par rapport à ma peau.

Luc sentit quelque chose de froid et métallique contre celle-ci. Dans un réflexe de défense désespéré, il remonta ses mains entre les bras de Dan qui, surpris, lâcha brièvement prise, permettant ainsi à son aîné de se libérer et de s'éloigner afin de lui faire face. Il perçut quelque chose de chaud descendre le long de sa gorge. Le gamin avait réussi à le couper légèrement. Mais là n'était pas le problème. Les yeux de Dan étaient rouges et brillants. Son sourire avait quelque chose de malsain. Il le vit porter le couteau à ses lèvres et lécher les quelques gouttes de sang qui s'y trouvaient. Luc ne le reconnaissait pas. Pour lui, il n'y avait plus aucun doute, il avait replongé dans la drogue. Pourquoi après toutes ses années à se battre afin qu'il s'en sorte, à l'aimer quitte à braver certains interdits, tout devait s'effondrer comme un château de cartes ? Qu'est-ce qui avait été l'élément déclencheur pour qu'il sombrât à nouveau du mauvais côté du chemin ?

— Tu sais Luc le problème avec toi, c'est que tu réfléchis trop. Je te l'avais pourtant dit il y a quelques années. Un jour, j'aurais ta peau.

— Qui t'a refilé de la merde ?

— Tu n'as pas besoin de savoir. Par contre, je peux te le

dire. Cela m'a permis d'ouvrir les yeux sur une évidence, mon cher Luc. Tu m'as toujours utilisé pour tes propres desseins, tout comme l'avait fait mon stupide père. Vous vous croyez si fort que vous pouvez m'utiliser comme bon vous semble. Mais cela est terminé. Plus personne ne me manipulera, Luc. Je dois t'avouer une chose. J'ai fini par t'aimer sincèrement. Certes, un peu, mais je t'aimais. Seulement maintenant, je désire récupérer ma liberté.

— Dan, pose ce couteau si tu veux qu'on en parle.

— Discuter de quoi ? Il n'y a plus rien à dire. Laisse-toi gentiment faire et je te promets que tu ne souffriras pas.

Dan s'était rapproché de Luc après avoir fait tranquillement, tout en monologuant, le tour du canapé. Il était beaucoup trop calme pour être dans son état normal. Luc, quant à lui, recula doucement vers une sortie possible. Il savait qu'il ne devait pas l'affronter seul. Surtout s'il était sous l'emprise d'une quelconque drogue.

Soudain ce fut le déclic pour Dan qui se jeta à corps perdu dans une bagarre avec son amant, dont l'unique enjeu pour lui était son élimination. Luc évita tant bien que mal l'arme que le brun tenait dans ses mains. Dans leur lutte, ils renversèrent plusieurs vases, bibelots, et même des meubles. Luc était pris au piège dans le salon. Le combat sembla durer une éternité, puis Dan dans un accès de fureur sans contrôle, poussa violemment Luc contre la table basse qui se brisa sous le choc. Ce dernier perdit légèrement conscience sous le coup rude de l'impact. Son souffle était coupé. Il n'eut pas le temps de réagir que Dan s'installa à califourchon sur lui et le maintenait fermement. Sa main libre fit glisser le couteau le long de la gorge et du torse de son amant.

— Tu as vraiment été très vilain Luc. Ce n'est pas bien. Vois le bordel que tu as foutu dans la pièce. Je vais devoir me montrer très sévère.

Joignant le geste à la parole, Dan planta dans l'abdomen l'arme blanche. Luc écarquilla les yeux, suppliant son amant d'arrêter. Mais aucun mot ne quitta sa bouche. Seul son regard indiqua, la supplication. Mais Dan n'apercevait rien à part sa propre rage. Il fit ressortir le couteau et le rabattit à plusieurs reprises sur le torse du plus âgé qui se vida de sa vie.

Dans un dernier soubresaut, le corps de Luc se figea à jamais. Des larmes avaient tracé un sillon dans le coin de ses yeux. De la commissure de sa bouche s'écoulait encore un filet de sang.

Dan était toujours assis sur le corps de son amant, le regard complètement éteint. Il leva ses mains ensanglantées jusqu'au niveau de ses yeux et contempla le spectacle macabre dont il était l'auteur. Des pleurs se mirent à ruisseler le long de ses joues. Un cri de douleur finit par s'échapper de sa gorge. Il était en train de réaliser l'horreur de son geste. Il redescendit ses mains et l'une d'elles alla sur le visage de Luc qu'il caressa.

— Oh, mon Dieu, qu'est-ce que j'ai fait ? Luc... Pourquoi ? Je ne voulais pas ! LUC !

Il resta ainsi prostré pendant de longues minutes ne désirant pas bouger. Il finit par abaisser son visage près de celui qui pendant ces dernières années fut son amant. Il baisa ses lèvres pour lui murmurer quelque chose. Avant de se relever et de se diriger vers la cuisine. Il prit le téléphone de Luc qui se trouvait sur le piano et son sac à dos.

Le brun jeta un dernier regard vers le salon puis monta dans la chambre. Il s'assit sur le lit et déverrouilla le portable.

Tous ses gestes étaient faits de façon automatique, sans même réfléchir à ce qu'il faisait. Il sélectionna dans le carnet d'adresses le numéro de Nathan et appuya sur le bouton pour l'appeler. Il ne fallut pas longtemps pour entendre le destinataire décrocher.

— Salut Luc. Cela faisait un petit moment que je ne t'avais pas eu au téléphone ! Comment ça va au centre ?

— ...

— Luc, tu es au bout du fil ?

— Luc..., annonça Dan d'une voix tremblante.

— Dan ? Qu'est-ce qui se passe ? Pourquoi pleures-tu ?

— Je suis désolé, Nathan. Je ne voulais pas lui faire de mal.

— Quoi ? Comment ça ? Qu'est-ce qui se passe ? Dan, où es-tu ?

Le bruit d'une détonation retentit et la ligne fut coupée.

*

Deux heures après le drame

Nathan fixa un moment le corps sans vie de Luc qui gisait au milieu des restes de la table basse.

— À quand remonte la mort ?

— D'après la chaleur du corps, j'opterai à deux voire trois heures maximum.

— La cause ?

— Plusieurs coups de couteau dont le mortel a été celui à

la carotide. Je dirais que le tueur s'est littéralement déchaîné sur lui. Il ne lui a laissé aucune chance.

— Je vois.

— J'ai entendu un coup de feu pourtant au téléphone. Mais là, je ne trouve aucune plaie de balle.

— Il y a un autre corps à l'étage, mais il est encore moins beau à regarder. Le gamin s'est fait sauter la cervelle. Je suis désolé Nathan. Je sais que tu les connaissais.

— Ils étaient pratiquement de la famille.

Nathan se dirigea vers la chambre à coucher pour voir la deuxième victime. Malgré le fait que le visage fût complètement défiguré, il reconnut le jeune Dan qu'il avait eu au téléphone juste avant qu'il ne se suicida.

Les assistants du médecin légiste mirent dans les sacs blancs les deux cadavres afin de les transporter à la morgue. Quand il ressortit enfin de la maison avec Alec, il croisa le personnel du centre anéanti par cette terrible nouvelle.

*

L'affaire fut classée en meurtre suivi de suicide en quelques semaines. Personne ne sut les réelles motivations qui avaient poussé Dan Case à tuer Luc Spencer après toutes ses années de vie commune. Malgré son crime, Dan fut enterré au côté de Luc. Une plaque à leur mémoire fut déposée sur leur tombe où l'on pouvait lire :

« Ici, repose Dan Case et Luc Spencer, amants dans ce monde et celui d'après ».

Deuxième chance

De la même auteure

Homoromance éditions :

Un nouveau papa pour Noël – décembre 2019
Secret de famille – janvier 2021
La passion en M – juin 2021
L'amour au parfum de ghetto – novembre 2021
Aime-moi – janvier 2020

Auto-éditions :

Deuxième chance, version broché – novembre 2018
Vivre à nouveau – mai 2022

Deuxième chance

À PROPOS DE L'AUTEUR

Née en avril 1982 à Thionville en Moselle, Marie-Paule Dunant est fonctionnaire territoriale depuis 2013. Grande passionnée depuis l'adolescence de lecture, elle possède à ce jour plus de 1000 œuvres dans tous les genres. Son salon n'est qu'une grande bibliothèque. Cette passion du livre, elle le partage avec toute sa famille.

Elle s'est mise à écrire durant de l'adolescence de la fantasy et des contes pour enfants avant de se tourner il y a quelques années à des romans pour adultes. Rapidement elle trouve son affinité avec les couples LGBT+.

Elle commence à publier sur les plateformes des fanfictions de manga. Poussée par des amies et des lectrices, elle finit par créer ses propres personnages et ses univers. En 2018, elle décide de sauter le pas de l'auto-édition avec son premier roman « Deuxième chance ». En 2019, elle choisit de tenter sa chance auprès de l'édition traditionnelle.

Marie-Paule partage sa passion de l'écriture avec sa famille qui a su accepter son homosexualité et surtout les raisons qui la poussaient à écrire avec des couples LGBT+. Elle partage sa vie avec Collorado et Iowa, deux chats tigrés qui sont ses coachs pendant ses séances d'écriture.